크리처스

곽재식

# 크리처스

**2** 장인 편下

## 신라괴물해적전

곽재식×정은경×안병현

# 1

쿵 쿠웅.

장인은 섬 안쪽에 있는 골짜기로 걸어갔다. 장인에게나 골짜기
일 뿐 사람에게는 낭떠러지 밑이나 마찬가지였다. 장인의 발이 땅
에 닿을 때마다 진흙이 움푹 파이고 웅덩이가 생겼다.

"캬아아악 크아악—."

장인은 톱니 같은 이빨을 쫙 벌리고 삼켰던 것들을 뱉었다. 쭉
찢어진 입에서 후드득 무언가가 떨어졌다. 소소생과 철불가였다.
장인은 몇 번 더 토악질을 하고는 골짜기를 떠났다.

하얗게 질린 얼굴로 쓰러져 있던 철불가가 피를 토하며 눈을 떴
다. 등에서 딱딱하고 불쾌한 감촉이 느껴졌다. 돌아보니 자신의 키
만 한 커다란 동물의 뼈가 등을 찌르고 있었다.

"으악! 반대로 떨어졌다면 심장을 찔릴 뻔했네!"

생각만 해도 아찔했다. 철불가는 제 몸부터 살핀 후 주변을 둘러보았다. 옆에 피범벅이 된 소소생이 쓰러져 있었다.

"여봐라. 여봐라."

철불가가 소소생을 흔들었다. 아무리 깨워도 소소생은 눈을 뜨지 않았다. 강제로라도 숨을 쉬라고 소소생의 가슴팍을 두 손으로 힘껏 누르고 입으로 숨을 불어 넣어 보았으나 깨어날 기미가 없었다. 철불가는 소소생을 품에 안고 내려다보았다.

정녕 죽은 것인가. 이 어린 소년이 목숨을 잃고 말다니.

허망한 인생이여.

철불가의 눈가에 커다란 눈물방울이 맺혔다. 철불가가 소소생의 얼굴을 어루만지는 순간,

"철불가아아아아ㅡ!"

소소생이 번쩍 눈을 떴다. 하지만 재차 지독한 악몽에 시달리듯 몸을 부르르 떨고 말았다. 장인의 입으로 던져졌을 때 철불가를 만나면 반드시 멱살을 잡으리라 다짐했는데 그의 품에서 눈을 뜨다니. 악몽에서 깨어난 것이 아니라, 깨어나 보니 악몽이구나.

"요 녀석! 살아 있었느냐! 장하다, 장해! 정말 다행이구나."

철불가는 소소생의 뺨에 꺼칠한 턱수염을 마구 비볐다.

"냄새 납니다! 저리 가세요!"

소소생은 인상을 잔뜩 찌푸리며 철불가를 밀어냈다. 소소생의 몸을 뒤덮은 시뻘건 피는 다른 시체에서 묻은 것이었고, 다행히 치명적인 상처는 없었다.

"까칠한 걸 보니 살 만은 한가 보구나. 내 얼마나 걱정했는지 아느냐!"

철불가가 수려한 얼굴로 그윽한 눈에 눈물까지 그렁그렁 달고 말하자 왠지 진심 같았다. 안 돼, 저 잘생긴 얼굴에 속아선 안 된다. 소소생은 고개를 저으며 동정심을 털어 냈다.

"여기가 어딥니까?"

"지옥이다. 그것도 가장 잔인하고 끔찍한 지옥 말이다."

소소생은 주변을 돌아보았다. 골짜기에서 코를 찌르는 썩은 냄새와 피비린내가 진동했다. 장인이 먹다 뱉은 동물 사체와 뼛조각, 내장이 뒹굴었다. 열 발짝 정도 떨어진 곳에 사내 한 명이 소소생을 등지고 칼잠을 자듯 몸을 세우고 누워 있었다.

"여보시오! 괜찮으십니까? 혹시 여기가 어딘지 아십니까?"

소소생이 달려가 사내의 손을 잡아당겼다. 그러자 사내의 팔이 쑤욱 뽑히며 살점과 뼈가 덜렁거리는 게 아닌가!

"아악!"

소소생은 뽑힌 팔을 집어 던지며 주저앉았다. 정면에서 보니 사내는 장인에게 얼굴부터 발까지 세로로 반만 베어 먹힌 채였다. 몸이 절반만 남은 시체를 보고 철불가가 말했다.

"장인국에 제대로 온 것 같구나. 시체와 해골이 가득한 걸 보면 여긴 놈의 둥우리일 게다. 장인이 돌아오기 전에 달아나야 한다. 우리도 뜯어 먹힐지 몰라."

"장인이 저자를 잡아먹었단 말입니까?"

소소생이 몸을 부르르 떨며 말했다.

"그래. 장인은 사람을 잡아먹는 괴물이야."

"그리 위험한데 어째서 나더러 장인을 잡아서 공연을 하라고 한 겁니까?"

"진짜 잡으려 할 줄은 몰랐지."

저치를 믿은 내가 잘못이지. 소소생은 화병이 날 것 같아 가슴을 퍽퍽 치며 주변을 살폈다. 사면이 높은 절벽으로 둘러싸여 있었다. 소소생은 절벽에 찰싹 달라붙어 벌레처럼 팔다리를 버둥거리며 한 발씩 기어올랐다. 암벽에 손바닥이 쓸려 살갗이 까지고 피가 났다.

"거기로는 못 올라간다."

철불가는 둥우리에 쌓인 무더기를 뒤지며 말했다.

"올라가면 절대 안 구해 줄 것이니 원망이나 마세……. 아아악!"

소소생은 대답도 다 못 하고 절벽에서 주르륵 미끄러지더니 데굴데굴 굴러 바닥에 처박혔다.

"흠흠, 다른 길을 찾아야겠습니다."

소소생은 행여 숨겨진 문이라도 있을까 싶어 절벽을 두드리고 다녔다. 작은 구멍만 있어도 나갈 수 있지 않을까 기대했으나 소득은 없었다.

철불가는 소소생이 그러거나 말거나 아까부터 썩은 내가 진동하는 해골 산을 뒤지고 있었다.

"뭘 하시는 겁니까?"

"내 목숨을 찾고 있다."

"예?"

"'철불가 하면 솔개날! 솔개날 하면 철불가!'라는 말도 모르느냐? 그 솔개날을 찾는 중이다. 솔개날만 있었어도 흑삼치든 바다 전갈이든 해치울 수 있었단 말이야."

철불가는 장인국에 처음 도착했을 때 솔개날을 잃어버렸다. 솔개날만 있으면 장인과 싸워 볼 만했다. 물론 안 싸우고 내빼는 게 제일 좋았다.

"역시 죽으란 법은 없구나!"

"찾았습니까?"

"아니."

대답은 그리 하면서 철불가의 몸은 바닥을 뒤졌다. 해골 더미 밑에는 값비싼 보석과 도자기, 비단이 도처에 흩어져 있었다.

철불가는 진주와 금괴 등 보물을 손에 잡히는 대로 주머니에 넣었다.

"그러다 큰일 납니다. 괴물이긴 해도 남의 것에 손대면 탈 나는 법이에요."

소소생의 만류에도 철불가는 보물을 쓸어 담았다.

"왜 보물을 모아 두는 걸까요? 장인에겐 쓸모도 없을 텐데."

"알 게 뭐냐? 너도 챙기는 게 좋을 거다. 이걸 밑천으로 삼아, 돌아가면 너도 박준희처럼 원숭이와 공연을 하려무나."

철불가는 보물이 자기 것이라도 되는 양 인심을 썼다.

쿵 쿠웅, 장인이 오는 소리가 들렸다. 보물을 챙기던 철불가는 놀리던 손을 멈췄고, 둘은 해골 더미 뒤에 숨었다.

절벽 위로 장인의 얼굴이 보였다. 검은 털이 몸 곳곳을 덮고 있었으나 생김새는 금수보다 사람에 가까웠다. 방금 뭘 잡아먹고 왔는지 장인의 입가 검은 털에 핏방울이 맺혀 있었다. 장인은 사람만큼 큰 눈알을 이리저리 굴리더니 소소생이 오르려 했던 절벽을 손으로 가볍게 밀어냈다. 그 순간 너무 놀라 소소생이 헙! 소리를 낼 뻔했다. 절벽처럼 보였던 것은 난파선의 갑판이었다.

"배로 골짜기 입구를 막아 놓다니. 생각보다 머리가 좋은 녀석이군. 이렇게 둥우리를 숨기고 있어서 그동안 인간들에게 들키지 않았던 게야."

철불가가 중얼거렸다.

둥우리로 들어온 장인은 두 손 가득 담아 온 물건을 쏟아 놓았다. 사람이 들어갈 만큼 커다란 보물 상자와 반짝이는 보석들이었다. 장인은 바다처럼 투명한 하늘색 보석을 가지고 놀다가 긴 손톱으로 이빨을 쑤셨다. 이빨 사이에 꼈던 뼈다귀 몇 개가 손톱에 딸려 나왔다. 피비린내가 가득한 뼈다귀가 후드득 소소생과 철불가 위로 떨어졌다.

"으윽!"

소름이 끼친 소소생은 또 소리를 지를 뻔했다. 가까스로 철불가가 옆에서 입을 틀어막지 않았다면 장인에게 들켜서 뼈다귀 신세를 면치 못했을 것이다.

장인은 엉덩이를 벅벅 긁더니 산처럼 거대한 몸을 옆으로 눕히고 잠이 들었다.

드르릉 퓨. 드르릉 퓨.

코 고는 소리가 천둥처럼 울렸다.

소소생은 난파선을 치워서 생긴 골짜기 입구를 가리키며 몸동작으로 말했다.

"(저리로 도망가요!)"

"(잠깐!)"

철불가는 장인이 새로 가져온 보물 더미로 살금살금 까치발을 하고 걸어갔다. 그러고는 머리에 목걸이를 왕관처럼 걸치고 보석 허리띠를 몇 개씩 차고, 주머니 가득 보물을 담았다. 철불가는 장인이 가지고 놀던 하늘색 보석까지 야무지게 챙겼다.

"(이제 앞장서거라.)"

철불가가 치사하게 소소생의 등을 떠밀었다.

"(철불가께서 앞장서시지요.)"

"(어린 녀석이! 어른 말을 들어야지.)"

소소생을 방패 삼아 뒤에 숨으려는 수작이 뻔했다. 하는 수 없이 소소생이 앞장섰다. 그때, 뒤따라가던 철불가의 주머니가 투두둑 뜯어지며 보물이 쏟아졌다. 잘그락 와르르 데굴데굴 요란한 소리에 장인이 몸을 꿈틀댔다.

소소생과 철불가는 얼음처럼 멈췄다. 그대로 눈동자를 굴려 보니 다행히 장인은 깨지 않았다.

두 사람은 숨 쉬는 것도 잊고 살금살금 기어 장인 앞을 지나갔다. 강풍 같은 콧바람이 나오는 장인의 얼굴을 지나 골짜기 입구에 다다랐을 때, 소소생은 소름 끼치는 시선을 느꼈다. 부릅뜬 장인의 커다란 눈알이 그들을 지켜보고 있었다.

장인의 눈알에 보물을 잔뜩 이고 지고 있는 철불가가 비쳤다. 뒤이어 장인의 시선은 철불가가 마지막으로 챙긴 하늘색 보석에서 멈췄다. 쒸익 쒸이익 쒸이이이이익, 장인의 콧바람이 거세졌다. 숨결이 어찌나 뜨겁고 센지 소소생과 철불가는 제대로 서 있기도 힘들었다.

장인이 종잇장처럼 얼굴을 구기며 포효했다.

*"크아아아아악!"*

# 2

"사람의 명줄을 관장하는 것이 저승사자! 철불가의 목숨도 저승
사자 흑삼치가 가져가겠소."

"못된 짓일수록 위아래가 있는 법. 그놈을 죽이는 것은 나, 바다
전갈이다."

흑삼치와 바다전갈이 팽팽하게 서로를 노려보았다. 두 사람의
손은 언제라도 칼을 꺼낼 수 있는 칼자루에 가 있었다.

"나는 그자에게 원한이 없으니 빠지겠소."

방금까지 보이지 않던 고래눈이 어느새 나타나 말했다. 고래눈
뒤에는 늘 그렇듯 호위 무사처럼 범이가 서 있었다.

모두 죽은 것처럼 고요한 밤, 해적들은 동해에서 회동을 가졌다.
지난번 같은 싸움을 피하기 위해 해적선은 두고 각자 나룻배를 타
고 모였다. 바다전갈은 나룻배를 타고도 시끄럽게 괴물 자라 등껍

질을 두드리고 나팔처럼 생긴 괴물 소라를 불며 나타났다.

마녀묘에서 장 낭자를 피해 후퇴한 뒤 해적들은 격노하였다. 철불가를 눈앞에서 놓친 것도 분한데 놈에게 놀아나 해적끼리 싸우다니. 전력 손실이 컸다. 바다전갈은 가장 먼저 철불가를 죽이려고 혈안이었고, 흑삼치도 덤덤게 해적 두목 소소생과 철불가를 찾으려 바다를 샅샅이 뒤졌다.

'철부지 소년으로 봤는데 바다에서 감쪽같이 사라지다니. 소소생……, 생각보다 대단한 놈이구나. 과연 철불가를 제자로 둘 만하다.'

약탈할 배는 차고 넘치는데 이놈들만 찾아다닐 수 없는 노릇. 흑삼치는 다른 해적들에게 마명을 보내 모이자는 전갈을 날렸다.

"철불가와 지긋지긋한 숨바꼭질을 끝낼 때가 됐소. 그놈에게 시간을 쓰는 건 인력 낭비, 재능 낭비! 해서 제안을 할까 하오."

흑삼치는 바다전갈과 고래눈의 반응을 살폈다. 두 사람 다 흥미를 가진 듯 보여 다시 말을 이었다.

"서로 패를 까는 건 어떻소? 각자 쫓는 것보다 기탄없이 패를 까 놓고 동등한 상태에서 철불가를 누가 죽이는지 내기하는 거요."

"내기?"

바다전갈이 구미가 당기는지 주령구를 만지작대며 물었다. 바다전갈은 '최강, 제일, 전쟁, 서열 첫 번째, 역시 나, 멋진 나' 같은 말을 좋아했다. '내기' 또한 그가 좋아하는 단어였다.

"그렇소. 철불가를 죽이는 자가 남해와 서해를 갖는 거지."

"동해는?"

호시탐탐 동해를 넘보던 바다전갈이 물었다.

"하, 동해를 가진다고 감당할 수나 있겠소?"

흑삼치가 도발했다.

"네가 아직 정신을 못 차렸구나! 흑삼치가 있을 곳은 동해가 아니라 밥상이란 걸 가르쳐 주마."

"전갈은 가재처럼 구워 먹으면 맛이 일품이라던데, 오늘 그 맛을 보겠구려."

스릉, 바다전갈이 손톱달처럼 휘어진 단도 두 개를 꺼냈다. 흑삼치도 철살도를 꺼내 손에 쥐었다. 고래눈이 나섰다.

"싸우자고 모인 게 아니잖소. 필요한 말만 하지요. 우리부터 말하겠소."

고래눈이 눈짓을 하자 범이가 한 발짝 앞으로 나와 말했다.

"놈들이 달아나며 하는 말을 들었소. 장인을 잡으러 갈 것이라고 했소."

"장인?"

바다전갈은 처음 듣는 말에 놀랐고,

"이런 미친."

흑삼치는 창백해진 얼굴로 욕을 뱉었다.

아직도 흑삼치는 흩뿌려지던 핏물과 갈기갈기 찢겨 떨어지던 부하들의 시신이 생생했다. 부하의 시신도 거두지 못하고 도망친 것이 두령으로서 마음에 걸렸거늘, 거길 다시 갔다니. 그것도 장인을 잡겠다고? 욕이 안 나올 수 없었다.

"흑삼치 님은 장인이 무언지 아시오?"

고래눈이 흑삼치의 표정을 보고 물었다.

"차라리 몰랐으면 좋겠다 생각할 거요. 사람의 몇 배는 되는 거인이 있다면 믿겠소?"

흑삼치가 낮게 목소리를 깔고 말했다.

"거인?"

바다전갈이 되물었다.

"게다가 놈은 사람을 잡아먹는 괴물이오. 이미 내 부하 여럿이 장인에게 당해 목숨을 잃었소."

흑삼치는 무역선을 약탈하려다 장인국에 가게 된 이야기를 들려주었다. 바다전갈과 고래눈 앞에 그날의 참혹한 장면이 펼쳐지는 듯했다.

"철불가가 장인을 잡으러 갔다? 소소생이란 놈, 맹하게 생긴 꼬맹이인 줄 알았는데. 재미없는 덕담으로 넋을 빼놓고 그사이 장인을 잡으러 도망쳐?"

바다전갈은 무릎을 탁 쳤다.

"흑삼치 님이 이리 말하는 걸 보니, 장인은 분명 엄청난 괴물임이 분명하군. 소소생은 장인을 잡아 해적의 모든 계파를 없애고 바다를 장악하려는 게 분명하오."

범이가 주먹을 불끈 쥐었다. 감히 고귀하신 고래눈에게 고지식하고 애늙은이 같고 눈치 없는 인간이라고 덕담을 하다니. 범이는 소소생을 잡아 혼쭐내 주고 싶었다.

그렇게 소소생은 덕담계 해적 두목에서 바다의 악마로 불리게 되었다. 소소생도 모르는 사이 소문은 계속 부풀려지고 있었다.

바다전갈은 주령구를 던졌다. 십사면체 주사위인 주령구는 또르르 굴러가 멈췄다. '동해'라고 쓰인 면이 나왔다.

"흠, 좋다! '철불가 먼저 죽이기'에 하나 더! 장인을 죽이는 자를 최강 해적으로 인정하고 동해를 포함한 모든 바다를 넘겨준다! 어떤가?"

흑삼치가 보기에 바다전갈은 주령구에 자기에게 유리한 문구만 써 놓는 것 같았다. 흑삼치는 속으로 웃기는 영감탱이라고 욕하며 말했다.

"좋소. 어차피 장인도 철불가도 내 손에 죽을 테니."

"……우리도 참여하겠소."

모두의 시선이 고래눈에게 쏠렸다. 범이조차도. 고래눈은 본래 이런 내기에 끼는 성격이 아니었다.

"최강 해적 같은 것엔 관심 없소. 장인이든 철불가든 잡는 일에는 협조하겠소. 다만, 무역선이 장인국에 갔었다 하니 거기에 쓸 만한 보물이 있다면 그것만 챙기겠소."

장인국에 간 사람은 모두 잡아먹혀 정확한 위치를 알 수 없었으나 흑삼치의 기억을 더듬어 보면 장인국은 적어도 동쪽으로 수백 리는 더 가야 했다. 해적들은 각자 장인국을 찾아 나서기로 하고 흩어졌다.

바다전갈은 해적선에 도착하자마자 선실로 갔다. 선실에는 서역 무역선에서 약탈해 온 작은 유리병들이 놓여 있었다.

"그것을 가져와라."

부하 하나가 커다란 항아리를 조심조심 들고 왔다. 항아리에는 독침이 달린 꼬리를 빳빳하게 세운 검은색 전갈이 들어 있었다. 검은 전갈 밑에는 전갈과 독사의 사체가 수북했다.

"이 녀석이 다른 놈들을 모두 죽이고 살아남았습니다."

부하가 말했다.

평소 바다전갈은 독이 센 전갈만 모아 항아리에 집어넣고 굶긴 후 싸움을 붙였다. 굶주린 전갈들은 독이 바짝 올라 서로를 죽였다. 바다전갈은 마지막 살아남은 한 마리를 다시 서역에서 갈취한 독사들과 싸우게 했다. 그렇게 마지막까지 살아남은 전갈의 맹독만 채취해 손발톱과 칼날에 발랐다.

"나는 최강이란 말을 좋아한다. 약한 것들은 살 필요가 없지. 오늘은 네가 최강이구나. 하하하."

바다전갈은 맨손으로 전갈을 항아리에서 꺼냈다. 그러고는 검은 전갈의 꼬리를 톡톡 건드렸다. 전갈은 누구라도 죽일 기세로 번들거리는 집게와 꼬리를 휘저었다. 방금 전까지 수많은 전갈과 독사를 상대하며 목숨을 건 사투를 벌인 호전적 기세 그대로였다.

바다전갈은 그 기세가 마음에 들었다. 그는 부하에게 시켜 검은 전갈의 독을 채취하게 했다. 멋모르고 까부는 놈들에게 최강 해적이 누구인지 보여 줄 시간이었다.

"그런 허황된 이야기를 믿으란 말인가."

이 비장은 철불가의 얼굴이 그려진 용모파기에 활을 쏘며 중얼거렸다. 장인을 찾는 것은 해적만이 아니었다. 그도 부하들을 시켜 장인을 조사 중이었는데, 죄다 뱃사람이 술안주로 떠드는 소문 정도에 불과했다. 철불가가 장인을 봤다는 건 거짓이었나 생각할 무렵, 주기적으로 뇌물을 바치는 잔챙이 해적 놈이 그럴듯한 이야기를 들려주었다. 흑삼치와 고래눈, 바다전갈도 장인을 잡으려 한다는 것이었다. 최강이라는 망상에 사로잡힌 바다전갈은 허영심에 그럴 수 있다 쳐도, 흑삼치와 고래눈까지 움직이는 것을 보면 장인이 진짜 있긴 한 모양이었다. 장인을 상대하느라 지쳐 있는 해적들을 치면 거물 해적들과 장인을 동시에 잡을 수 있을지도 몰랐다.

이 비장은 무기 제작자를 불렀다. 그는 무기 제작에 시달리느라 희끗했던 머리가 이제는 서리가 내려앉은 듯 하얗게 변한 상태였다.

"만약에 말이다, 하늘을 가릴 정도로 큰 괴물을 잡아야 한다면 어떤 무기가 있어야겠느냐."

"그, 그런 게 있을 리가요."

무기 제작자가 지친 얼굴로 말했다.

"그러니까 만약에, 말이다."

이 비장이 짜증스레 말했다. 좋게 말해도 될 것을 굳이 짜증을

냈다. 싫어하면 닮는다던가, 이 비장은 제일 싫어하던 김 대사를 빼닮고 있었다.

무기 제작자는 젊은 놈이 싸가지가 없다고 생각했으나 내색하지 않고 답했다.

"그렇게 큰 놈을 상대하려면……."

무기 제작자는 이 비장에게 어떠한 무기가 좋을지 설명했다. 설명이 미처 다 끝나기도 전에 이 비장이 말을 잘랐다.

"만들어라."

"예?"

"만약이라고 하지 않았느냐. 만약을 위해, 그 무기를 만들어라. 최대한 빨리! 알겠느냐?"

무기 제작자는 싹수 노란 놈이 헛짓까지 시킨다는 생각을 하면서 물러났다.

이 비장은 천으로 덮여 있는 커다란 물건 앞에 섰다. 천을 벗기자 거대한 상노가 모습을 드러냈다. 거대한 쇠뇌를 수레에 올려놓은 생김새였다. 동아줄로 만든 튼튼한 활시위와 도르래, 도르래를 돌리는 손잡이와 방아쇠까지 있었다.

"상노, 드디어 완성되었구나. 이것만 있으면 해적을 일망타진할 수 있다. 하나, 장인을 상대하려면 더 강한 무기가 필요하지!"

이 비장은 서라벌 입성 계획을 꿈꾸며 다음 작업에 착수했다.

# 3

장인이 사나운 눈꼬리를 더욱 사납게 치켜올렸다. 보물을 훔쳐 달아나던 철불가 때문이었다.

"크아아악!"

소소생과 철불가는 미친 듯이 도망쳤으나 장인의 새끼발가락만 큼도 달아나지 못했다. 장인은 손으로 두 사람을 낚아챘다.

"아아아악!"

장인은 두 손을 덮어 소소생과 철불가를 가뒀다. 장인의 손가락 사이로 희미한 빛이 새어 들었다. 다행히 장인은 두 사람을 덥석 삼키는 대신 둥우리 구석에 내려놓더니, 창살이 있는 물건으로 덮어 도망치지 못하게 했다. 거대한 생선 뼈였다. 뼈로 만든 감옥에 갇힌 것이었다.

"이렇게 커다란 생선도 있단 말입니까?"

"뼈 모양새를 보니 사비강에 살던 괴물 생선 같다. 이놈을 잡아먹었다는 건, 장인이 바다를 건너 육지까지 간다는 소리! 장인 저 놈은 정말 무시무시하구나."

사비강은 멸망한 백제의 도읍인 부여의 강을 말했다. 철불가는 그곳에 사는 괴물 물고기가 이 생선 뼈의 주인이라고 했다. 강바닥에 사는 이 물고기는 나라의 운수를 감지하는 능력이 있어 멸망의 징조가 있을 때면 모습을 드러냈다. 백제가 멸망할 때도 이 괴어의 사체가 발견되어 나라에 흉흉한 소문이 돌았더랬다.

"신라도 망할 징조인가. 사비강의 괴물이 아직 있었다니."

철불가는 생선 뼈를 부러트리려 멋지게 발을 내질렀으나 쿵! 소리만 내며 미끄러졌다. 생선 뼈는 청동 무기처럼 튼튼해 하마터면 철불가의 뼈가 부러질 뻔했다.

"아야야야."

철불가는 시큰하게 저려오는 발목을 잡고 데굴데굴 굴렀다.

장인은 콧노래 같은 소리를 흥얼거리며 넓적한 바위에 도끼처럼 뾰족한 돌을 슥삭슥삭 갈았다. 넓적한 바위에는 장인이 먹다 남긴 동물의 사체가 널브러져 있었다. 넓은 바위는 도마로, 뾰족한 돌은 고기를 자르는 칼로 쓰는 것 같았다.

소소생은 바위 위에서 버둥거리다가 팔다리가 잘리는 자신의 모습을 상상했다. 무서워서 손발이 덜덜 떨렸다.

"철불가, 제발 어떻게 좀 해 보세요."

"무엇을 말이냐?"

"그 잘난 턱수염처럼 달고 사는 말 있잖아요. '몸이 잘려도 죽지
않는 무쇠 불가사리 철불가'라는 말이요. 철불가는 만 년째 살고
있고, 팔은 열 번째 자라난 것이란 말도 들었습니다. 이런 위기는
수도 없이 겪었을 것 아닙니까. 제발 살아날 방도를 일러 주세요."

철불가는 불쌍한 중생을 보듯 소소생을 보며 혀를 찼다.

"아직도 깨닫지 못했느냐."

"무얼 말입니까?"

"어차피 곧 죽을 거, 너한텐 진실을 알려 주마. 자, 너한테 황금을
빌려 달라는 사람이 있다고 치자."

"금 없는데요."

"누가 진짜라고 했느냐, 그렇다 치자는 말이다!"

"예……."

"그리고 성실하지만 약해 빠져서 금방 죽을 것 같은 덕담꾼이
있다 치자."

"저 안 그러는데요."

"야……. 플 끈치 플즈(말 끊지 말자)."

철불가가 이를 악물고 말했다.

"다시. 넌 황금을 가진 부자고, 네 앞에는 성실하지만 약해 빠진
덕담꾼과 뺀질거리지만 절대 죽지 않는 해적이 있다. 너라면 둘 중
누구에게 금을 빌려주겠느냐."

"그야……, 해적이지요. 죽으면 금이고 뭐고 다 소용없으니까."

"바로 그거다! 너 같은 사람은 선량해서 빌린 금을 갚으려고 애

는 쓰겠지만 다 갚기 전에 죽을 수 있다. 하나 불로불사, 죽지 않는 사람에겐 금을 빌려줘도 떼먹히지 않고 언젠가는 받아 낼 수 있지! 그걸 신뢰라 하는 거다."

철불가는 신뢰를 멋대로 정의했다. 철불가는 어마어마한 자기 고백을 이어 갔다.

"그러니까, '죽지 않는 철불가사리'라는 말은 '금 떼일 일 없게 해 준다'는 신뢰를 주려고, 내가 퍼트린 소문이란 말이다. 그래야 나도 먹고살지 않겠느냐."

"잠깐! 그럼 만 년째 살아 있다는 것도, 열 번째 자라난 팔이란 것도 다 가짜란 말입니까?"

"사실 내가 지어낸 건 천 년이었지, 만 년은 아니야. 자기들이 막 부풀린 거야, 내 탓이 아니라고."

"순 사기꾼 아닙니까!"

"어허, 사기가 아니라 신뢰라니까. 그동안은 사람을 현혹시켜 위기를 넘겨 왔거늘, 지금 상대는 괴물이지 않느냐. 괴물한텐 나의 현란한 말발도, 잘생긴 얼굴도 통하지 않는다. 이번엔 철불가라 해도 살 방도가 없어. 죽음을 받아들이는 수밖에."

소소생은 충격과 배신감에 말이 나오지 않았다. 철불가가 아무리 얍삽한 짓을 해도 '그래도 철불가니까' 하고 믿는 구석이 있었다. 그런데 전부 거짓이었다니. 정말 끝이구나. 차라리 아까 그대로 장인의 입에 삼켜져 죽었다면 편했을 텐데. 울고 싶었지만 너무나 절박해 눈물도 나오지 않았다.

슥삭 슥 슥, 장인이 돌을 가는 소리가 점점 크게 들렸다.

철불가는 소소생 뒤로 가 몸을 웅크렸다.

"뭐 하시는 겁니까?"

소소생이 짜증스레 물었다.

"그냥. 추워서."

"제 뒤에 숨으려고 하는 거잖아요!"

"아니래도. 요새 몸이 허해서 그런지 춥다니까."

철불가는 빤히 보이는 거짓말을 했다. 소소생이 노려보자 철불가는 꼴불견이란 걸 알았는지 겸연쩍게 허허 웃었다. 그러면서도 절대 소소생 앞에 서지는 않았다.

"내가 말하지 않았느냐. 뭘 하든 중요한 건 죽지 않는 거라고. 아주 조금일지라도 더 오래 살아야 탈출할 기회가 생기지 않겠느냐."

"그러니까 저 먼저 죽게 하고 자기는 살겠다고 제 뒤에 숨는단 거잖아요! 진짜 저한테 너무하시는 거 아닙니까?"

소소생은 짜증이 나서 몸을 확 숙여 버렸다. 그러자 뜻밖에도 철불가의 눈에 그토록 찾아 헤매던 것이 보였다.

"어라?"

솔개날이었다. 생선 뼈 감옥 앞에 쌓인 보석들 사이로 솔개날이 섞여 있었다. 철불가는 생선 뼈 사이로 팔을 뻗어 솔개날을 집으려 했다. 조금만 더. 조금만 더. 마침내 손끝에 솔개날이 닿았다.

"됐다!"

그때 장인이 생선 뼈를 들어 올려 철불가를 움켜쥐었다. 철불가는 겨우 잡았던 솔개날을 놓치고 말았다. 장인은 떨어진 솔개날을 손가락으로 통 쳐서 멀리 날려 버렸다.

철불가는 자신을 움켜쥔 장인의 손을 물어뜯고 걷어찼다.

"야! 내려놔! 이 징그러운 괴물 놈아! 내가 누군지 아느냐? 장보고의 숨겨진 자식이자, 팔을 잘라도 자라나는 철불가……."

장인은 마치 개미의 머리를 떼 버리려는 것처럼 손가락으로 철불가의 머리통을 잡아당겼다.

"악! 잘못했습니다, 장인 님! 살려 주세요! 저기요?"

장인이 철불가의 목을 뽑아 버릴 듯 잡아당기자 철불가의 얼굴은 핏줄이 서고 시뻘겋게 변했다. 장인은 철불가를 입에 넣고 톱니 같은 이빨로 다리를 깨물었다.

"아아악! 소소생! 살려 줘! 소소생!"

철불가의 다리에 이빨이 박히자 피가 왈칵 뿜어져 나왔다. 장인이 이빨에 힘을 주어 철불가의 다리를 썰어 먹으려 할 때였다.

"뿌우! 뿌우우우!"

소소생이 손을 둥글게 말아 나팔 소리를 냈다. 아무리 미운 철불가라도 눈앞에서 잡아먹히게 되니 뭐라도 해야 할 것 같았다.

장인이 철불가를 씹다 말고 소소생을 봤다.

"어…… 어쩌지?"

"멈췄어! 뭐든 계속해, 계속!"

장인의 시선에 오싹해진 소소생은 절로 뒷걸음질을 쳤다. 철불가의 재촉에 소소생은 머릿속이 새하얘지고 있었다.

소소생, 장인이 날 뱉어 내려고 해! 한 번 더!

으으으... 우아우으우...

흑덜덜덜덜

장군! 장군!

뭘 하느라 이제 왔느냐?!

덜그덕

으아아 띠요옹 푸울푸울 아아악

"나, 재능 있는 건가?"

소소생은 무시무시한 괴물이지만 장인이 저렇게 웃어 주니 흥이 났다.

장인은 아예 철불가를 입에서 빼 내려놓았고, 실컷 웃은 뒤 기분이 좋아졌는지 하품을 쩌억 했다. 고약한 입 냄새가 소소생이 있는 곳까지 풍겼으나, 그게 대수랴. 장인은 철불가와 소소생을 다시 뼈 감옥에 가두고 잠이 들었다.

장인 입에서 빠져나온 철불가는 끈적한 초록색 침 범벅이었다. 야성미 넘치는 짧은 턱수염과 긴 머리카락은 축 늘어져 얼굴에 철썩 들러붙었다. 고약한 냄새가 몸에 배어서 입안에 있으나 밖에 있으나 다를 바가 없었다.

"이 녀석 덩치만 엄청난 게 아니야, 입 냄새도 엄청나. 이놈의 입 냄새를 모아서 뿌리면 전쟁에서도 이기겠어."

"살아남는 게 중요하다면서요. 그깟 냄새가 대수예요?"

소소생이 고소하다는 듯이 말했다.

"이 녀석, 삐졌느냐."

철불가가 사람 좋은 미소를 지으며 소소생을 보았다.

"보아하니, 네게 재능이 있긴 있더구나! 사람 말고 괴물을 웃기는 재능 말이다."

"그거, 칭찬입니까?"

"칭찬이지 그럼! 어떻게 하면 저 괴물을 웃길 수 있느냐? 나한테도 알려 주렴."

"싫은데요."

소소생이 팔을 꼬며 돌아섰다.

"인석아, 너도 나에게 살 방도를 일러 주면, 서로 좋지 않겠니? 설마 내가 너를 버리겠느냐? 너를 죽게 내버려 두지 않을 터이니 걱정 말거라. 우리가 고작 이런 걸로 헤어질 인연이더냐."

철불가는 여인에게 작업할 때나 쓰던 말을 서슴없이 뱉었다.

소소생은 철불가가 너무너무 미웠다. 이 인간과 엮이는 바람에 눈송이처럼 소소하던 인생이 산사태에 떠밀린 눈덩이처럼 거대해져 마구 굴러가고 있었다. 무명 덕담꾼이 덕담계 해적으로 둔갑해 천하의 해적들에게 쫓기고 괴물에게 잡혀 왔으니. 모든 사태의 원흉인 철불가가 미울 수밖에 없었다.

소소생이 단단히 화가 난 것처럼 보이자 철불가가 또 세 치 혀를 놀렸다.

"아, 이건 진짜 영업 기밀인데…… 아니다, 됐다."

"뭔데요?"

"말해 줄까? 에이, 아니야. 넌 관심 없을 게다."

철불가는 말할까 말까 하며 소소생을 답답하게 했다. 정말 짜증 나는 짓만 골라 하고 있었다.

"아, 진짜! 뭔데요? 처음부터 말을 하지 말든가요!"

"녀석, 궁금하냐? 후후. 좋다! 인생에서 가장 도움이 되는 비기가 두 가지 있는데 그걸 알려 주마."

"비기라뇨? 어떤 비밀스런 재주가 있는데요?"

이야기를 주워 모으는 덕담꾼에게 '비밀'처럼 달콤한 말이 또 있을까.

"너도 당했으니 알겠지만, 내겐 사람을 현혹하는 능수능란한 기술이 있다. 이 비밀 기술을 전수하마."

"장인한테 잡혀 있는데, 사람 현혹하는 기술은 뭐 하게요."

"요놈! 고래눈에게 그딴 삼행시를 지어 준 것을 잊었느냐. 내 기술을 배우면 어떤 사람이라도 네가 원하는 대로 마음을 움직일 수 있단다. 속을 알 수 없는 고래눈도 내 기술이면 현혹되어 너를 달리 보게 될걸? 게다가 이 비기만 익히면 덕담꾼으로 성공하는 데 도움이 되지 않겠느냐."

소소생은 흔들리는 마음을 숨기려 쌀쌀맞게 물었다.

"…… 그래서요?"

"첫 번째 비기다. 사람은 누구나 자기 욕심에만 관심이 있는 법이니, 이것만 잘 찍어도 현혹시키는 건 금방이란다."

맞는 말 같았다. 지금 소소생의 욕심은 사람을 현혹하는 비기이고, 철불가는 이를 미끼로 거래를 하고 있으니 말이다.

"두 번째는요?"

"비밀이다."

철불가는 하얀 건치를 드러내며 얄밉게 웃었다.

"두 가지를 다 알려 주면 난 뭘 먹고 살겠니. 꼭 필요한 순간이 오면, 그땐 꼭 알려 주마."

# 4

"뚜따라라뚜땁 뚜따따! 날이면 날마다 오는 덕담이 아닙니다! 삼라만상을 다 겪고 도착한 인기 덕담꾼, 소소생이 왔습니다! 소소생의 보조, 팔다리를 잘라도 다시 돋아난다는 철불가사리, 철불가도 왔습니다!"

철불가는 머리에 해골을 모자처럼 얹고 넓적 바위에 올라선 뒤, 나팔처럼 기다란 해골 뼈를 뿌우 뿌 불었다.

소소생은 철불가의 세 치 혀에 넘어가 덕담 기술을 알려 주었다. 철불가는 소소생에게 배운 대로 바보처럼 넘어졌다. 하지만 멀쩡한 허우대로 우스꽝스러운 동작을 하니 멋있는 춤사위로 보일 뿐 재밌지는 않았다.

장인이 철불가를 죽일 듯이 노려보았다.

"소소생, 살려 줘! 나 또 먹힐 것 같아!"

소소생이 허겁지겁 달려와 쾅당 쾅당 쾅당 연달아 넘어졌다.

"끼긱 끼기기긱."

장인이 눈을 반달처럼 가늘게 뜨며 웃었다.

"짜잔! 장인, 여기를 보십시오!"

소소생은 둥우리에 있던 커다란 상자를 가져와 장인에게 보여
주었다.

"이 상자는 이렇게 속이 비었습니다."

소소생은 보물 상자를 열어 장인에게 안이 텅 비어 있음을 확
인시켰다.

"이 안에 철불가를 집어넣고,"

철불가가 보물 상자에 들어가 얼굴만 내놓고 팔다리를 웅크리
고 앉았다.

"가시로 찔러 보겠습니다. 정말로 철불가는 불가사리처럼 팔다
리를 잘라 내도 죽지 않을까요?"

장인은 눈을 크게 뜨고 흥미진진하게 지켜보았다. 커다란 두 손
을 가지런히 모은 채였다.

소소생은 부러진 괴물 물고기의 가시를 가져와 상자의 나무 틈
에 쑤욱 찔러 넣었다. 철불가의 몸이 찔리는 감촉이 느껴졌지만 소
소생은 분풀이하듯 가시를 상자에 마구 쑤셔 넣었다.

"소소생! 약속했던 것보다 많이 찌르잖아! 아프다고!"

"장인이 좋아하잖아요! 어서 죽은 체하세요."

철불가는 혼신의 힘을 다해 혓바닥을 내밀고 눈을 뒤집었다. 장

인은 놀라서 자리에서 일어났다. 소소생이 둥우리에 있던 비단을 펄럭여 상자를 잠시 가렸다가 보이게 했다. 그사이 철불가가 사라지고 빈 상자만 남았다.

"자, 철불가는 죽었을까요? 어디로 갔을까요?"

"짜잔!"

철불가가 옆에 있던 바위에서 튀어나왔다.

"끽끽 끼기기긱 끼기기긱 끽끽!"

장인이 열렬히 박수를 쳤다. 덕분에 오늘도 소소생과 철불가는 목숨을 부지할 수 있었다.

"대단하구나. 이런 건 어찌 생각했느냐?"

철불가는 진심으로 감탄했다.

"헤헷. 전부터 이런 공연을 해 보고 싶었습니다. 마음대로 술술 신기한 일이 벌어진다 하여, 공연 이름도 '마술'이라 지었거든요."

소소생은 칭찬을 듣자 부끄러워서 머리를 긁적였다.

붙잡혀 온 지 벌써 나흘이 지났으나 둥우리에는 새 한 마리 보이지 않았다. 소소생과 철불가가 이렇게 장인을 웃기면, 장인은 강아지 밥 주듯 갓 잡은 생고기를 던져 주었다. 그거라도 먹으며 버텼지만 날것으로 먹자니 속이 역했다. 보아하니 장인은 불을 쓸 줄 모르는 것 같았다. 이에 철불가는 장인의 환심을 사려고 불 피우는 법을 알려 주려다 죽을 뻔했다. 불을 처음 본 장인이 놀란 나머지 불을 끄려다 철불가를 손으로 눌러 죽일 뻔한 것이다. 장인을 말리느라 소소생은 그날 종일 덕담을 해야 했다.

오늘 장인이 잡아 온 것은 소 한 마리만큼 커다란 누에(거잠)였다. 장인은 괴물 누에를 양손 가득 쥐고 맛있는 간식처럼 입에 털어 넣었다. 질겅질겅 톱니 같은 이빨 사이로 투실투실한 누에가 꿈틀거렸다.

장인이 거잠 한 마리를 던져 줬다. 한참 굶었던 터라 철불가는 있지도 않은 꼬리를 강아지처럼 흔들며 두 손으로 받았다.

"와, 오늘은 한 마리를 통째로 주셨다! 감사합니다, 장인!"

철불가가 침을 뚝뚝 흘리기 시작했다.

"으, 징그러워."

소소생이 질색하자 철불가가 엄하게 꾸짖었다.

"이놈! 감히 장인이 주시는 음식에 토를 다느냐?"

"정신 차리세요! 이러다 여기서 탈출도 못하고 평생 살아야 할지도 모른다고요."

"평생 여기 살면 좋지. 이곳에 있으니 세상 모든 일이 다 작아 보여. 장인의 시선으로 보게 된달까. 후후후. 왜 그리 재물에 집착했는지, 해적질이 뭐라고. 참으로 어리석었어."

철불가는 과거를 반추하며 고개를 저었다. 그는 금세 노예 생활에 길들여졌다.

'철불가, 너란 녀석, 너무 열심히 살아왔어. 어떻게든 살아남으려 그 누구보다 최선을 다했지. 이제 쉴 때도 됐어. 이곳에서 장인이 먹다 흘린 고기나 먹으며 사는 것도 나쁘지 않은걸. 후후.'

철불가는 생선 뼈 감옥에서 탈출하려고 뼈다귀로 땅도 파 보고,

솔개날을 찾으려 애도 써 봤지만 모두 소용없었다. 탈출을 포기하자 장인을 웃기고 먹이를 빌어먹는 삶이 만족스러웠다.

서역의 어느 나라에서는 아침마다 아내를 죽이고 새 신부를 맞이하기를 반복하는 왕 때문에 현명한 여인이 천 일 동안 재미난 이야기를 밤마다 들려줬다고 한다. 소소생이 가진 덕담 기술은 열 개도 되지 않았다. 장인은 소소생이 똑같은 행동을 해도 좋아했지만 언제까지 통할지 몰랐다. 소소생의 속이 타들어 가는 것도 모르고 철불가는 한가로이 하늘을 보며 웃었다.

"푸르른 하늘을 보니 시가 절로 나오는구나. 소소생아, 나도 네 이름으로 삼행시를 지어 보겠다. 소, 소란한 마음이. 소, 소리 없이 사라지네. 생, 생각을 하지 않으니 행복이 여기 있네."

철불가는 혼자 운을 떼고 시를 읊었다. 심지어 잘 지었다. 소소생은 범이에 이어 타고난 재능꾼들의 실력에 박탈감을 느끼며 부르르 떨었다.

철불가가 장인의 은혜에 감사하며 거잠을 한 입 베어 먹으려고 입을 와앙 벌릴 때였다. 피융 화살이 날아와 누에를 꿰뚫었다. 괴물 누에는 순식간에 보라색으로 변해 죽어 버렸다. 독이었다.

"내 고기!"

철불가가 절규했다.

"누구냐, 내 고기에 손댄 놈이?"

대답처럼 둥둥둥 북소리와 뿌우우우 나팔 소리가 사방에서 들려왔다. 이럴 때조차 시끄럽게 등장하다니, 누군지 뻔했다.

"바다전갈!"

철불가가 성난 얼굴로 소리가 난 쪽을 올려다보았다. 장인의 둥우리를 바다전갈과 부하들이 에워싸고 있었다.

"하하하하! 멍청한 놈들, 털 달린 미물에게 빌어먹는 주제에 좋다고 웃는구나! 괴물에게 길들여진 개가 되었으니, 철불가도 장보고의 후손이 다 됐구나!"

"야! 장보고의 후손이라니, 너무하잖아!"

철불가가 발끈했다. 이곳에서 해적이란 걸 잊고 지냈으나 장보고라는 말에는 본능적으로 울컥한 것이다.

퓽 피융, 화살 여러 발이 날아와 장인의 종아리에 박혔다. 따끔한 고통을 느낀 장인은 크아아악 소리를 지르며 화살을 뽑았다. 화살촉이 까맣게 물들어 있는 게 독화살이 분명했다.

바다전갈이 벼랑에서 장인의 얼굴로 뛰어내렸다. 독을 묻힌 손톱과 발톱으로 장인을 할퀴자 장인은 바다전갈을 떼어 내려 몸부림치기 시작했다. 기어오르는 개미를 쫓아내듯 장인이 몸을 털며 난동을 부리는 사이, 바다전갈의 부하들이 벼랑을 타고 내려왔다. 부하들은 동아줄을 열 개씩 묶어서 커다란 밧줄을 준비해 왔고, 장인의 다리 사이로 뛰어다니며 밧줄로 다리를 묶었다. 장인은 놈들을 밟으려고 발을 들다가 밧줄에 걸려 넘어졌다.

쿠웅. 땅이 크게 흔들리며 그 여파로 철불가와 소소생을 가두고 있던 생선 뼈 감옥이 뒤집혔다.

"지금이에요. 도망가요, 철불가!"

"싫어! 여기서 살 거야!"

철불가는 달아날 생각이 없었다. 심지어 뒤집힌 생선 뼈 안으로 다시 들어가 몸을 웅크리기까지 했다.

"철불가, 여기 숨어 있었구나!"

때마침 흑삼치와 부하들도 장인국에 도착했다.

"이런 곳에 있으니 바다를 이 잡듯 뒤져도 찾지 못했지. 역시 약삭빠른 놈이구나. 하나, 너의 해적질도 오늘로 끝이다."

흑삼치는 철살도의 칼집으로 무방비 상태인 철불가의 뒤통수를 힘껏 가격했다.

"윽!"

철불가가 맥없이 쓰러졌다. 흑삼치의 부하들은 기절한 철불가를 밧줄로 묶었다. 곁에 있던 소소생도 꼼짝없이 붙들렸다.

"평생의 숙적, 철불가와 덕담계 해적 소소생을 잡았다! 이제 이곳의 보물도, 철불가도 나 흑삼치의 것이다!"

"역시 저승사자 흑삼치 님입니다!"

부하들이 칼을 높이 치켜들고 환호했다.

"어허, 보물은 말로 찜하는 게 아니라 먼저 챙겨야 임자입니다."

어느새 나타난 범이가 빙긋 웃으며 말했다. 기척 없이 등장한 범이와 고래눈이 부하들과 둥우리의 보물을 챙기고 있었다.

"철불가와 장인 잡는 것에 협조했으니, 우린 약속대로 보물만 털어 가겠소. 수고들 하십시오."

고래눈이 말했다.

소소생은 고래눈을 보자 가슴이 뛰었다. 바닷바람에 고래눈의 하얀 앞머리가 날리며 꽃향기가 여기까지 풍겨 오는 듯했다.

고래눈에게 빨리 덕담계 해적이 아니라고 밝혀야 하는데, 심장이 쿵할 정도로 아름다운 삼행시를 들려줘야 하는데. 망설이는 사이 고래눈은 소소생을 보지 못하고 지나쳤다.

"꼬맹아, 보물은 마지막에 챙기는 자가 임자란다."

흑삼치가 범이를 비웃으며 대꾸했다. 장인을 죽이지 못하면 보물도 소용없었다.

"멍청하긴. 장인을 죽인 자가 보물의 주인이다!"

바다전갈이 외쳤다.

세 해적이 보물과 장인을 두고 대치했다. 먼저 움직인 것은 성질 급한 바다전갈이었다. 바다전갈은 준비한 독약 병을 화살에 매달아 장인에게 모조리 쏘았다. 쨍강 쨍강 유리병이 깨지며 독약이 장인의 몸에 뿌려졌다. 독한 유황 냄새가 진동하고 장인의 살갗이 타는 냄새가 났다.

"크아아아아악!"

장인은 따끔따끔한 고통에 몸부림쳤다. 그러자 발을 묶은 거대한 밧줄이 투두둑 끊어지기 시작했다. 장인은 바다전갈에게 무시무시한 손톱과 주먹을 휘둘렀다. 순식간에 바다전갈의 부하 여럿이 목숨을 잃었다.

흑삼치는 섣불리 공격하지 않고 지켜보았다. 바다전갈이 힘을 빼 놓으면 공격하려고 장인 옆에서 때를 노리는 것이었다.

소소생은 장인이 괴로워하자 이상하게 마음이 편치 않았다. 자신의 덕담에 웃어 주어서일까. 그러다 문득 장인이 흑삼치나 고래눈은 가만두고 자신을 공격하는 바다전갈의 해적 패만 죽이는 것이 눈에 들어왔다.

"혹시?"

어떤 생각이 소소생의 머리를 스쳤다.

"바다전갈 님! 흑삼치 님!"

소소생이 외쳤다.

"이거 이거, 덕담계 해적 두령 소소생 아니신가!"

바다전갈이 비아냥댔다.

"장인을 공격하지 마십시오. 장인은 먼저 공격하지 않으면 잡아먹지 않습니다. 철불가와 제가 증거입니다. 저희는 나흘이나 잡혀 있었으나 장인이 잡아먹지 않았습니다. 처음엔 철불가도 죽이려 했으나 더 이상 공격하지 않으니 살려 두었습니다."

"음험한 녀석이 또 순진한 얼굴로 수작을 부리는구나, 장인을 혼자 차지해서 바다를 삼키겠다 이거냐? 내 너와 철불가를 죽이고 최강 해적이란 이름을 얻어야겠다!"

바다전갈은 소소생에게 독이 묻은 단도를 던졌다.

"피해!"

기절해 있던 철불가가 때마침 정신을 차렸다. 철불가는 밧줄에 묶인 채로 달려와 소소생을 붙든 흑삼치의 부하들을 제치고 소소생을 뒤로 밀쳤다.

소소생이 있던 자리에 바다전갈의 단도가 날아와 꽂혔다. 단도가 땅에 박히자 그 자리에 난 풀이 고약한 냄새를 풍기며 새까맣게 녹아내렸다.

"으헉!"

소소생은 겁에 질려 넘어진 채 뒷걸음쳤다.

"바다전갈 놈은 부지런도 하지. 만날 때마다 새로운 독을 구해 오는구나."

철불가가 말했다. 만약 철불가가 아니었다면, 소소생은 저 풀처럼 온몸에 독이 번져 녹아내렸을 것이다.

기절했다가 깨어난 철불가는 속세를 잊은 듯한 말간 얼굴을 벗고 세파에 찌든 얼굴로 돌아왔다. 철불가를 묶고 있던 밧줄도 어느새 풀려 있었다.

못된 놈에겐 매가 약이라던가. 한 대 세게 맞으니 철불가도 정신을 차린 모양이었다.

"이보게, 굳이 장인을 죽여야 할 이유가 있나? 고기가 나올 것도 아니고, 시체를 팔 수 있는 것도 아니고. 차라리 산 채로 잡는 게 어떤가?"

철불가가 말했다.

"철불가, 무슨 소릴 하시는 거예요? 장인과 해적들의 싸움을 말려야지요!"

소소생이 발끈했으나 철불가는 무시하고 말을 이었다.

"사람이란 본디 간사해서 직접 보지 않으면 믿질 않아. 장인을 죽였다고 해 봤자 아무도 안 믿을걸. 하나, 해적선에 장인을 데리고 다니며 보여 준다면? 사람들은 '바·다·전·갈' 이 네 글자를 잊지 못할 걸세."

철불가는 말하며 슬금슬금 걸음을 옮겼다. 몇 발짝 떨어진 곳에 금빛으로 번쩍번쩍 빛나는 물건이 보였다.

"흠, 괜찮은 생각이군."

바다전갈은 뾰족한 턱을 쓰다듬었다.

"간사한 놈! 내가 이번에도 네놈의 세 치 혀에 휘둘릴 줄 알았더냐? 네놈을 장인과 한 무덤에 묻어 주마!"

바다전갈은 돌연 표정을 바꾸며 독을 묻힌 단도를 재차 던졌다.

쐐액. 철불가를 향해 단도가 날아왔다. 철불가는 예상한 듯 몸을 굴려 바다전갈의 단도를 피하면서 솜씨 좋게 단도를 걷어찼다. 단도가 바다전갈 부하에게 날아가 박혔다. 윽! 단도를 맞은 부하가 상처를 부여잡고 쓰러졌다.

그 순간, 철불가는 금빛으로 번쩍이는 물건을 휙 차올려 손에 쥐었다. 금으로 만든 솔개 머리가 달린 쇠뇌, 솔개날이었다. 철불가가 솔개날을 손에 넣자 순식간에 전세가 역전됐다.

"그래! 이 손맛이지! 그리웠다, 솔개날. 솔개날 없는 철불가를 어찌 철불가라 하리오."

철불가는 솔개날을 찾아 신이 난 모습이었다. 재빠르게 바다전갈을 향해 솔개날을 겨누는 태가 빈틈없이 날카로웠다.

"이놈! 그깟 쇠뇌로 이 바다전갈의 상대가 될 것 같으냐!"

"철불가! 네놈은 내가 상대해 주마! 넌 오늘 전갈 밥…… 어?"

바다전갈이 살벌하게 말하며 고개를 돌렸다. 하지만 철불가는 그사이 바다전갈이 타고 온 나룻배로 달아나고 있었다. 언제 불을 붙였는지 횃불까지 들고 있었다. 철불가는 달리며 수풀마다 불을 놓았다.

화르륵. 불은 빠르게 번져 시커먼 연기가 하늘로 치솟았다.

"불이다! 철불가가 불을 놓았다!"

해적들은 섬에 번지는 불길에 우왕좌왕하며 외쳤다. 불길이 둥우리 입구를 가로막아 해적들은 꼼짝없이 갇힌 꼴이 되었다.

소소생은 철불가가 바다전갈에게 장인을 산 채로 잡아가자고 말한 것이 자신을 살리려고 한 것만 같았다. 자기밖에 모르는 저 인간이, 아무 대가 없이 남을 살리려고 진정 그리 했을까. 소소생은 조금 혼란스러웠다.

혼란도 잠시, 철불가는 소소생을 버려두고 혼자 바다전갈의 나룻배에 올라탔다. 철불가는 배를 띄우며 외쳤다.

"덕담계 해적이란 말은 진짜 덕담 같은 것. 전부 농이었다네! 소소생은 진짜 덕담꾼이라고! 하하하!"

철불가가 유유히 노를 저으며 장인국을 떠났다.

흑삼치와 바다전갈은 철불가가 또 자기들을 싸움 붙이려 거짓말을 한다고 생각했다. 그들의 눈에 소소생은 순진한 척 연기해서 사람을 가지고 노는 무서운 해적 두령이었다.

반면, 고래눈은 안도의 한숨을 쉬었다. 어째서인지 고래눈은 철불가의 말을 믿는 눈치였다. 범이는 고래눈의 반응에 묘한 위기감을 느꼈다. 소소생이 덕담꾼이란 것을 믿고 싶지 않았다.

장인은 바다전갈 부하들이 묶은 줄을 모조리 끊어 냈다. 그러나 커다란 불이 앞을 막아 움직일 수 없었다. 뜨겁고 시뻘건 불을 보자 장인은 소리를 지르며 난동을 부렸다.

장인의 몸에 화살들이 후드득 날아와 박혔다. 신라 수군이 쓰는 화살이었다. 흑삼치는 골짜기 위로 올라가 바다를 보았다.

바다 저쪽에서 군함이 빠르게 다가오고 있었다. 이 비장이었다. 이미 도착한 병사들은 재빨리 전투 태세에 들어갔다.

"상노를 준비하라!"

이 비장은 군함에 싣고 온 상노를 뱃머리로 가져왔다. 병사들은 상노에 커다란 화살을 장착하고 도르래를 돌려 시위를 당겼다. 팽! 엄청난 위력에 속도가 더해진 화살이 날아와 장인의 발에 콱 박혔다. 화살이 발을 관통해 땅에 꽂히자 장인은 꼼짝하지 못하고 괴로워했다. 상노의 위력은 일반적인 쇠뇌보다 수십 배는 될 만큼 강력해 보였다.

그사이 불은 점점 커져 장인의 몸에도 옮겨붙었고, 장인은 불을 끄려고 몸부림을 치다 넘어졌다.

나룻배를 타고 달아나던 철불가가 군함을 지나치며 외쳤다.

"해적들을 전부 잡아가시오! 그리하면 큰 공을 인정받아 서라벌에서 한 자리 차지할 수 있을 게요."

철불가가 자기는 해적이 아닌 척 말했다.

"난 약속 지켰소! 이 정도면 그날 술값은 족히 될 거요!"

철불가가 소소생의 금목걸이를 판 돈으로 이 비장과 술을 마신 날, 그에게 약조한 게 있었다. 큰 건수가 생기면 연기를 피워 신호하기로 한 것이다. 이 비장은 사실 철불가의 말을 다 믿지는 않았지만, 동해 저 멀리에서 시커먼 연기가 피어오르는 것을 보고 단번에 그날의 약속을 떠올렸다.

장인국에 도착한 이 비장과 병사들은 바다전갈과 흑삼치를 몰아세웠다. 고래눈과 범이 일행은 어느새 기척도 없이 사라진 후였다. 장인과 해적들의 싸움으로 전력의 상당수를 잃은 바다전갈과 흑삼치는 중무장한 수군의 상대가 되지 않았다.

"바다를 더럽히는 도적을 모조리 잡아라!"

이 비장은 이 틈에 해적도 일망타진해 조정에 바치려 했다.

"비장, 거래할 것이 있소."

궁지에 몰린 흑삼치가 말했다.

"어찌 나라의 녹을 먹는 관군이 파렴치한 해적과 거래하겠는가. 네놈들의 약속을 믿느니, 장보고 대사가 살아 있다는 말을 믿고 말지."

그동안 받아먹은 뇌물은 거래가 아니고 무엇이란 말인가. 흑삼치는 삐져나오는 실소를 참고 말했다.

"보물이 있소."

"…… 뭐라?"

이 비장이 동하는 내색을 보이자 흑삼치는 해적선에 실으려던 장인의 보물을 보여 주었다.

"장인의 둥우리로 가면 더 많은 보물이 있소. 전부 내줄 터이니, 우리는 여기 없었던 거요."

흑삼치는 그녀가 휘두르는 칼만큼 계산도 빨랐다. 부하들을 살리려면 어쩔 수 없었다. 눈앞의 보물에 연연하느라 더 큰 보물인 바다를 놓쳐선 안 되었다.

"바다전갈은 광기로 가득해 말이 안 통할 터이니, 나와 거래를 하는 게 어떻겠소."

흑삼치는 능수능란하게 이 비장을 요리했다.

사실 이 비장은 몹시 초조한 상태였다. 소문으로만 듣던 장인이란 놈을 실제로 목격하자 마른침만 삼켜졌다. 예상했던 것보다 훨씬 크고 흉측한 생김새에 소름이 돋았다. 행여 장인과 싸우는 틈에 두 해적 패가 동시에 덤빈다면, 상노를 가진 이 비장도 답이 없었다. 이 비장은 쉽게 쉽게 가고 싶었다.

"…… 좋다. 공명정대한 내 마음이 바뀌기 전에 꺼지거라."

흑삼치는 서둘러 부하들과 장인국을 빠져나갔다. 눈치를 보던 바다전갈도 그 틈에 부하들과 퇴각했다.

이 비장은 쓰러진 장인에게 다가갔다. 병사들은 긴 창을 들고 장인을 에워쌌으나 차마 싸울 엄두는 내지 못했다.

"괴물의 다리를 묶고, 뗏목을 만들어서 실어라."

"장인을 사포로 데려가면 백성들이 위험하지 않습니까? 그냥 두는 것이……."

바다전갈이 장인을 공격할 때부터 마음이 불편했던 소소생이 참지 못하고 말했다.

"시끄럽다! 저놈은 사람을 잡아먹는 극악무도한 괴물이다! 임금께 보고 드려야 마땅하다. 산 채로 잡아서 서라벌로 갈 것이야! 어서 나무를 잘라 큰 뗏목을 만들어라!"

이 비장은 왕에게 상을 받을 수 있을 거란 기대에 가슴이 벅찼다. 이 거대한 괴물은 그에게 입신양명의 길을 열어 줄 열쇠였다.

쩌억. 섬의 나무들이 쓰러졌다.

병사들이 도끼를 휘둘러 나무를 베기 시작했다. 뗏목은 금세 만들어졌고 상처를 입고 쓰러진 장인이 뗏목에 실렸다. 병사들은 군함에 줄을 달아 뗏목과 연결했다.

얼마 후 군함이 장인국을 출발했다.

장인을 잡았단 생각에 기분이 좋아진 이 비장은 소소생도 군함에 태워 주었다. 소소생은 기분이 이상했다. 지긋지긋한 철불가와 헤어졌으니 기뻐야 마땅했다. 하지만 상처를 입고 붙들려 가는 장인을 보니 마음이 편치 않았다. 괴물인데, 사람을 잡아먹는 괴물인데, 무언가 잘못된 것 같았다.

# 5

"축하드립니다! 장인을 잡으셨다니요! 정말 용맹한 일이 아닐 수 없습니다!"

"장보고 대사가 돌아가신 후 이만한 일을 한 자는 없을 것입니다! 참으로 대단하십니다!"

관청에 들어서던 이 비장에게 사방에서 찬사가 쏟아졌다.

"하하하! 고맙소! 장인을 잡으려고 얼마나 고생했는지 모른다오! 그렇지 않나, 이 비장?"

김 대사가 커다란 얼굴을 들이밀며 이 비장이 받아야 할 찬사를 가로챘다.

이 비장은 음침한 기운을 힘껏 뿜어내며 김 대사를 노려봤다. 당장이라도 등에 멘 활을 꺼내 김 대사에게 날릴 표정이었다.

사흘 전, 이 비장이 장인을 잡아 사포로 돌아왔을 땐 이런 그림은 생각하지 못했다. 서라벌로 가면 어디서 지내게 될까, 서라벌 맛집은 어디더라, 서라벌에서 유행하는 옷을 지어 입어야겠다 같은 흐뭇한 상상만 했다.

"장인이 매우 크니, 이놈을 가둘 우리를 지어 인적이 드문 바닷가에 두어라!"

군함이 항구에 당도하자 이 비장은 병사들에게 명령했다. 벅찬 가슴으로 관청에 들어섰을 때, 김 대사는 이미 이 비장을 기다리고 있었다.

김 대사는 음흉한 사람이었다. 술이나 마시고 다니는 척해 놓고 뒤로는 심복을 심어서 이 비장을 감시했다. 이 비장이 상노 말고도 다른 무기를 제작하고 있으며, 장인이라는 괴물의 뒤를 쫓는다는 것까지 알고 있었다. 얼마 후 이 비장이 바다 멀리서 피어오르는 검은 연기를 보고 군함을 타고 나가자 김 대사는 올 것이 왔다고 직감했다. 김 대사는 이 비장이 장인국에서 돌아오는 것을 확인하고는 잽싸게 전령을 보내 자신이 장인을 잡았다고 조정에 보고해 버렸다.

김 대사는 이것으로도 모자랐는지 이 비장이 가져온 장인의 보물도 차지했다. 잘되면 내 덕, 못하면 네 탓. 이것이 평생 김 대사가 지켜온 신조였다.

"비장, 고생했네. 자네에게 장인의 둥우리에서 찾은 보석 세 개와 내가 직접 사들인 비단 열 필을 하사하겠네. 술에 고깃국이나 먹으며 한 며칠 푹 쉬게나."

김 대사는 대단한 아량이라도 베풀 듯 말했다.

'닥쳐! 그 보물 다 내가 찾은 거잖아! 보물 상자가 몇 짝인데 겨우 보석 세 개를 준다고? 뭐, 비단 열 필? 너희 집 창고에서 썩어 가던 최하급 품목인 거 모를 줄 알아?'

이 비장은 부글부글 끓는 속을 꾹꾹 눌렀다.

"대사! 감사합니다! 나눠 주시지 않아도 될 보물을 주시니, 이 은혜 평생 잊지 않겠습니다!"

'잊지 않고 반드시 널 치고 말겠다.'

이 비장은 생글생글 눈웃음까지 지어 보이며 넙죽 엎드렸다.

"이 모든 것이 대사께서 수군을 잘 이끌어 주신 덕이니, 전부 대사의 공입니다."

"하하하, 역시 이 비장이야! 내가 승진하여 서라벌로 가거든 한 자리 따뜻하게 데워 놓겠네. 언제든지 서라벌로 올 준비나 하고 있게. 하하하하."

그렇게 사흘이 지났다. 날씨는 유난히 스산해 바람이 세게 불었다. 해가 나지 않아 하늘은 칙칙한 회색이었다. 이런 날엔 다 때려치우고 집에 들어가 뜨뜻한 물로 목욕이나 하고 싶었다. 하지만 이 비장은 쇠사슬로 묶은 장인을 시장으로 끌고 가야 했다. 김 대사의 명령이었다. 그래야 구경꾼들 사이에 소문이 퍼져 덩달아 자신의 위업이 알려질 테니 말이다.

"빨리빨리 걸어라!"

이 비장이 장인의 다리에 채찍을 휘둘렀다.

장인은 손발을 쇠사슬로 결박당한 채 느릿느릿 움직였다. 사흘째 아무것도 먹지 못한 장인은 걷는 것조차 무척 힘겨워 보였다.

삽시간에 시장 사람들이 장인을 보러 모여들었다. 그간 시장에 별의별 신기한 동물이 들어왔지만 장인처럼 크고 무서운 괴물은 처음이었기 때문이다.

"징그러워!"

"세상에, 저게 사람이야? 금수야?"

"저리 큰 사람을 봤나? 창 같은 손톱에 날카로운 이빨을 보게. 괴물이지, 괴물!"

사람이 모이자 장인은 가뜩이나 굼뜬 걸음을 멈췄다. 겁을 먹은 것인지 장인은 자리에서 꿈쩍도 하지 않고 가만히 섰다.

"이놈은 사람을 잡아먹는 괴물, 장인이다! 장인의 밥이 되기 싫으면 뒤로 물렀거라."

이 비장이 외쳤다.

사람을 잡아먹는다는 말에 시장이 크게 술렁였다. 호기심이 동한 사람들은 도망치기는커녕 장인을 가까이 보려고 더욱 몰려들었다.

구경꾼들 사이에 소소생도 있었다. 소소생은 장인을 보러 관청에 갔으나 쫓겨났다. 이 비장이 장인을 외딴 바닷가에 가두고 아무도 보지 못하게 했기 때문이다. 사흘 만에 본 장인은 힘없이 몸을 늘어트려서인지 수척해 보였다. 바다전갈에게 입은 상처와 섬에서 입은 화상도 더 곪은 것 같았다.

소소생은 마치 자신의 잘못인 양 마음이 무거웠다. 우연처럼 장인의 시선이 수많은 사람들 사이에서 소소생에게 향했다.

"끼기긱."

아주 잠깐 장인의 표정이 환해진 것 같았다. 분명 착각이겠으나 소소생을 발견하고 반가워하는 것 같았다.

소소생은 장인의 큰 눈과 마주치자 고개를 숙였다. 마음 한구석이 찌르르 아팠다. 소소생은 사람들에 섞여 자리를 떴다.

"비장, 이 옷은 어떻소?"

김 대사가 우스꽝스러운 옷을 입고 나타나 이 비장에게 물었다.

'이젠 하다 하다 수군 장수에게 옷까지 고르게 하는가?'

비장은 가쁘게 들숨 날숨을 쉬며 말했다.

"대사, 말해 무엇 하겠습니까. 무슨 옷을 입으신들 대사께서 이리 용모가 빼어나시니 말입니다."

비장은 오늘도 아랫사람으로서 최선을 다했다.

"하하하! 내가 이래서 이 비장에겐 뭘 못 물어본다니까. 다 좋다고 하면 어떡하나."

'알면 물어보지 마.'

비장은 속으로 욕하며 생글생글 웃었다.

"비장, 내가 말이야. 아주 좋은 생각을 해냈지 뭔가. 내가 잡아온 장인을 데리고 연회를 벌이려 하거든. 구경만 시켜서는 재미없지 않은가. 이놈을 가지고 진기한 연출을 해서 구경 온 사람들에게 재물을 받는 걸세. 연회에 유명 인사들을 초대하면 인맥도 돈독해지고 재물도 얻고 좋지 않겠나. 그러다 서라벌까지 소문이 퍼져 궁에 입성하면 더 좋고 말이야. 하하하."

김 대사가 속내를 드러냈다.

"참으로 대단하십니다. 병사들에게 장인이 연회에 나서도록 준비하라 일러두겠습니다."

이 비장은 실로 감탄하지 않을 수 없었다. 장인을 잡아 온 공을 빼앗은 것도 모자라 그걸로 연회를 열 생각을 하다니. 심지어 유명 인사를 불러 친목을 다진 후 서라벌로 가시겠다? 배알이 꼴렸으나 김 대사의 승진이 이 비장의 승진과 직결돼 있으니 그의 말을 따라야 했다.

"그럼 비장만 믿네."

김 대사는 연회에서 신을 새 신발도 지어야겠다고 생각하며 관청을 나섰다.

"여보게. 물 한 모금만 주게. 목말라 죽을 것 같아."

철불가는 하얗게 튼 입술로 뻐끔뻐끔 말했다.

"너 같은 놈에겐 물도 아깝다! 해적이니 바닷물이나 퍼 마시지 그러냐? 하하하."

"어차피 처형될 몸, 차라리 목말라 죽는 게 나을 게다."

병사들이 조롱했다.

철불가는 관청의 감옥에 갇혀 있었다. 그냥 잡혀 있는 것도 아니고 손발이 밧줄로 꽁꽁 묶여 있었다.

"이 비장이 배신할 줄이야. 사내들은 날 너무 시기한다니까."

가장 먼저 장인의 섬을 빠져나온 철불가는 유유자적 배를 몰고 들어와 사포에 새로 생긴 고급 술집에 갔다. 깊은 술맛을 음미하며 달빛을 즐기고 있을 때, 이 비장과 병사들이 나타나 철불가를 붙잡고 솔개날도 빼앗았다. 물론 변장을 하고 있었으나, 정체를 들키고 말았다. 병사들이 고급 술집마다 돌아다니며 '유난히 언변이 좋고 재물을 펑펑 쓰며 후줄근해 보여도 이목구비가 빼어난 인간을 보면 신고하라.'고 단단히 일러두었기 때문이다.

이 비장은 장인을 잡은 공을 김 대사에게 빼앗긴 바람에 새로운 성과가 필요했다. 그것이 철불가였다. 흑삼치는 세력이 너무 커 잡을 수 없고, 바다전갈은 광인이라 수군의 출혈이 우려되었으며, 다른 해적은 너무 하찮아 보고할 거리도 되지 않았다. 마침 철불가가 술집에 있다는 첩보가 들어와 그를 제물 삼기로 한 것이다.

감옥에서 철불가를 지키던 병사들이 이야기했다.

"자네도 장인을 봤나?"

"암, 보다마다. 엄청 크던데. 내 눈을 의심했다니까. 구름이 장인의 얼굴을 가려서 한눈에 담지도 못했다네."

"하하하, 허풍도 심하구려."

"한데 우리에서 잠만 잔다더군. 숨소리도 얕은 것이 금방 죽을 것 같단 말이 돌고 있어. 대사께서 연회에 사활을 거신 듯한데, 그 전에 죽거나 힘이 빠져 연회를 성공시키지 못하면 큰일이야. 오죽 하면 이 비장께서 장인의 사기를 돋우는 게 최우선이라고 하셨 겠나?"

철불가는 귀가 번쩍 뜨였다.

"여봐라, 이 비장을 불러라!"

철불가가 엄하게 말하자 병사가 비웃었다.

"네놈이 뭐라고 비장을 오라 마라야?"

"이놈! 나, 철불가야! 네놈들보다 훨씬 많은 전투를 겪고도 살아 남은 철불가사리, 철불가! 그러니 전해라. 장인을 신명 나게 만들 방법이 있다고! 그러면 너희의 비장께서 당장 오실 게다!"

병사들은 기고만장한 태도에 놀라 서둘러 보고했다. 철불가의 예언대로 이 비장은 한달음에 달려왔다.

감옥에 갇힌 철불가는 나흘간 수염도 못 깎고 씻지도 못했으나 어째서인지 더욱 우수에 젖어 보였다. 흡사 억울한 누명을 쓰고 잡 혀 온 투사 같았다. 제멋대로 자란 철불가의 턱수염은 길들일 수 없는 야생마 같은 매력을 더해 주었다. 잘생긴 사람은 수염도 잘생 기게 나는 걸까. 똑같이 수염을 길러도 김 대사 놈은 기를수록 얍 삽해 보였으나 철불가는 더 멋있어졌으니.

이 비장은 외모도 신분처럼 불공평한 것이라 생각하며 가슴을 후려쳤다. 요즘처럼 수상하고 혼란한 시절엔, 같은 말을 해도 외모 가 뛰어난 자가 하면 바로 먹히는 법. 이 비장이 철불가의 반만큼

만 생겼어도 승진을 열 번은 더 했으리라.

"감히 죄인 주제에 날 불러? 네놈이 단단히 미쳤구나."

"장인 때문에 고생한다기에 술친구로서 도와주려고 부른 거지. 그 덕에 나도 풀려나면 좋고 말이야."

"또 장난질을 하면 법이고 뭐고, 널 당장 죽일 것이다."

이 비장이 스릉 칼을 꺼내 들고 말했다. 철불가는 칼을 부르는 남자였다.

"장인을 날뛰게 할 방법이 있네. 신이 나 방방 뛸 뿐 아니라 사람처럼 크게 웃게 할 수도 있지."

"웃게 한다고? 어떻게 그게 가능하다는 것이냐?"

철불가는 대답 대신 씨익 웃으며 밧줄로 묶인 두 손을 흔들었다. 이 비장은 끄응, 한숨을 쉬며 밧줄을 풀어 주었다. 의뭉스럽긴 해도 철불가를 믿을 수밖에 없었다.

무슨 덕담을 해야 할까. 소소생은 시장 구석에 앉아 있었다. 철불가와 얽힌 후 수많은 일이 일어났고 장인에게 붙잡히기까지 했다. 졸지에 해적에게 쫓겼고 고래눈도 만났다. 엄청난 일을 한 번에 겪었더니 쉽사리 일상으로 돌아오기 어려웠다.

"왜 그리 힘이 없는 게냐?"

익숙한 목소리, 철불가였다.

"어쩐 일이십니까? 변장 안 하고 다녀도 돼요?"

"이미 한 번 잡혔다 풀려났으니, 괜찮다."

이번엔 또 어떻게 풀려났는지 알 수 없었지만 철불가의 일은 알고 싶지도 않아서 소소생은 입을 다물었다.

철불가는 솔개날도 달라고 했으나 이 비장은 연회에서 장인을 날뛰게 하면 주겠다고 했다. 솔개날을 주면 철불가가 달아날 게 뻔했기 때문이다. 솔개날을 되찾으려면 소소생이 필요했다.

"너랑 나랑 그때 참 좋았지."

"무슨 수작이십니까."

소소생은 절대 넘어가지 않으리라 생각하며 쏘아붙였다.

"우리가 장인국에서 보낸 시간을 생각해 보거라. 멋진 모험이 가득했지. 이제는 덕담꾼으로 성공할 시간이란다!"

"예?"

"처음부터 말했지? 난 덕담꾼의 친구라고. 네가 아주 큰 무대에서 덕담을 할 기회를 물어 왔다 이거야."

"어… 디서요?"

소소생은 또 넘어가고 있었다.

"서라벌에서 내로라하는 부자와 귀족들이 오는 커다란 연회란다. 우리 준희도 그런 자리에는 서 본 적 없을걸? 그것도 장인과 함께 말이야!"

덕담의 대가 박준희 선생은 영문도 모른 채 철불가의 혀에 또다시 소환되었다.

"장인과 함께요?"

"그래! 장인과 같이 덕담을 하는 무대란다! 우리가 장인국에 잡혔을 때를 떠올려 보렴. 네가 바보처럼 이상한 동작을 하니까 장인이 끽끽 웃지 않았느냐. 연회에서도 그렇게 하면 된단다."

"그건 우연 아니었을까요? 전 재미도 재능도 없는 무명 덕담꾼인걸요."

"재미는 늘 없었는데 왜 이제 와서 고민하느냐. 평소처럼만 하면 돼. 그럼 장인이 아주 깔깔대며 웃을 테니까. 장인이 걱정돼서 매일 이 비장을 찾아갔다며? 우리가 장인에게 힘을 주는 거야! 눈을 감아 보거라."

철불가가 친한 척 소소생의 어깨에 팔을 두르며 말했다. 소소생이 눈을 감았다.

"상상해 보는 거야, 너를 위한 무대를. 비싼 비단옷을 입은 귀족들이 네 덕담을 들으러 몰려오고, 흥겨운 음악이 시작되지."

철불가의 말대로 소소생의 눈앞에 정말로 화려한 무대가 펼쳐지는 것 같았다.

"네가 덕담을 시작하고 장인을 웃기면, 사람들은 금과 보물을 던지며 제발 한 번 더 웃겨 달라고 난리를 칠 거야. 네 덕담을 들으려고 줄을 설지도 모르지. 그렇게 넌 부자가 되는 거야!"

"그리고?"

이 정도로는 부족한지 소소생은 주먹을 꼭 쥔 채 철불가에게 더 말하라고 부추겼다. 철불가는 탐탁지 않은 얼굴로 소소생을 한번 보고는, 다시 한껏 목소리를 높여 말했다.

"와아아아, 이 함성이 들리니? 네 덕담을 들은 사람들이 소리를 지르고 있단다."

소소생의 귀에 정말로 함성과 박수 소리가 들리는 것 같았다. 소소생의 입꼬리가 한껏 올라갔다. 그리고 발동한 철불가의 첫 번째 비기.

"세상에, 저길 보렴! 그들 사이에 그녀가 있어!"

"설마… 고래눈이요?"

"그래, 고래눈! 고래눈이 네 덕담을 듣고 박수 치고 있단다. 이제 넌 고래눈과 건어물주가 되어 행복한 노후를 누리는 거야! 너 노후 준비가 얼마나 중요한지 아니? 나도 못 한 걸 네가 해내는 거야!"

소소생이 눈을 떴다.

철불가가 웃으며 손을 내밀었다.

"자, 덕담하러 가자."

# 6

성문처럼 굳게 닫혀 있던 김 대사의 저택 문이 활짝 열렸다. 안쪽은 연회를 준비하는 손길 발길로 분주했다. 연회는 김 대사의 집 앞마당에 준비되었다. 이 지역에서 장인이 들어갈 만큼 큰 장소는 바닷가가 아니면 김 대사의 집뿐이었다.

이 비장은 김 대사의 집을 둘러보았다. 그의 집은 담벼락으로 둘러져 있었고 본채와 여러 채의 별채가 있었다. 이번 연회를 위해 새로이 증축한 고상식 마루도 있었다. 초청한 귀족들이 커다란 장인을 높은 곳에서 볼 수 있게 바닥을 높여 지은 것이었다.

김 대사는 지금까지도 집 증축에 조세를 마음껏 탕진해 왔지만, 이번 연회를 위해 더 큰 돈을 쓰고 있었다.

김 대사의 하인들은 연회에서 대접할 음식을 요리했다. 일반 백성은 구경하기 힘든 하얀 쌀밥과 고깃국에, 사신들이 비싸게 사 간다 해서 천금채로 불리는 상추, 육포, 밀감까지 있었다. 이것도 모자라 김 대사는 자신의 고급 취향을 과시하려 하인들에게 최고급 차에 곁들여 먹을 견병(강정)과 유밀과(약과, 유과)를 만들도록 했다. 일 년 내내 먹어도 다 먹지 못할 양의 음식들이었다.

"이 비장! 우리 왔네!"

철불가가 소소생을 데리고 다가왔다. 철불가는 이 비장과 막역한 사이처럼 인사했다.

이 비장은 철불가를 건너뛰고 소소생을 보았다.

"정녕 장인을 웃길 수 있느냐."

철불가가 소소생 대신 말했다.

"그렇다니까! 캬, 기름진 고기 냄새가 나는군. 잠깐, 이 향은 유밀과? 세상에, 유밀과를 여기서 맛보게 되다니! 비장, 같이 한잔하러 가세. 장인은 소소생에게 맡겨 두고 우리는 서로 간에 쌓인 오해를 풀어야지."

철불가는 사람 좋게 웃으며 이 비장을 데리고 음식을 먹으러 갔다.

혼자 남겨진 소소생은 앞마당 끝에 마련된 무대를 봤다. 하얀 장막이 커다란 무대를 가리고 있었다. 저 뒤에 어떤 무대가 마련되어 있을까. 소소생은 두려움과 설렘으로 손끝이 떨렸다.

어제는 한숨도 자지 못했다. 장인은 괜찮을까. 덕담을 잘할 수 있을까. 공연의 시작부터 끝까지 머리에서 그려 보느라 잠이 오지 않았다.

한쪽으로 귀족들이 오는 것이 보였다. 서라벌과 각지에서 초청받아 온 유명 인사들이었다. 귀족들은 화려하고 매끄러운 비단옷에 번쩍이는 금귀걸이와 목걸이를 하고 있었다. 경쟁이라도 하듯 서역에서 가져온 값비싼 장신구를 걸치고 왔다. 초청받은 귀족들은 고상식 자리에 앉았다.

그 아래로 구경 온 백성들이 보였다. 김 대사는 서라벌 귀족들에게 잘 보이려고 백성들도 연회를 볼 수 있게 했다. 백성들은 귀족들과 대조적으로 허름한 차림에 삶에 찌든 고단한 얼굴이었다. 그러나 연회를 기대하는 설렘도 엿보였다.

소소생은 백성들에겐 웃음을 주고, 장인에겐 활기를 되찾아 주고 싶었다. 그러려면 덕담을 잘해야만 했다.

연회가 시작됐다. 웅장한 음악과 함께 아름다운 옷을 입은 춤꾼들이 등장했다. 춤꾼들은 때로는 동그랗게 때로는 일렬로 대열을 만들고 옷자락을 휘날리며 춤을 추었다. 화려한 군무에 귀족과 백성 할 것 없이 박수를 쳤다.

이어서 산예 탈춤이 시작됐다. 소소생이 듣기에 산예는 서역보다 먼 지역에 사는 사나운 괴물이라고 했다. 산예 탈에는 햇살 같은 풍성한 갈기가 있었고 엉덩이엔 긴 꼬리가 달려 있었다. 두 사람이 하나의 산예 탈을 쓰고 머리와 꼬리를 흔들며 춤을 추었다.

맛있는 음식, 최고급 술과 차로 기분이 좋아진 귀족들은 흥겨운 공연에 어깨를 들썩이며 웃었다.

"김 대사, 내 풍류를 즐겨 여러 연회를 다녀 보았으나 이리 즐거운 연회는 처음일세."

"음식도 맛있고 춤도 아름다우니, 이를 준비한 김 대사의 안목에 감탄할 뿐입니다."

귀족들이 말하자, 김 대사가 너스레를 떨었다.

"하하, 벌써 이러시면 안 됩니다. 아직 시작도 안 했습니다요."

김 대사가 신호를 보내자 아름다운 선율이 흥거운 음악으로 바뀌었다. 부하들이 도르래를 돌려 무대를 가렸던 하얀 장막을 올렸다. 무대 바닥에는 계단 세 개 높이의 나무 판자가 깔려 있었고, 뒤에는 김 대사의 취향처럼 화려한 그림이 걸려 있었다. 장인의 눈높이에 설 수 있는 사다리도 설치되어 있었다.

소소생이 화려한 귀족 옷을 입고 무대에 올랐다. 소소생의 등장에 맞춰 웅장한 음악이 나오자 구경꾼들이 환호했다.

소소생은 얼떨떨했다. 이런 환영은 처음이었다. 수많은 구경꾼에 머릿속이 하얘졌다. 옆에서 쿵쿵 커다란 진동이 느껴졌다. 장인이었다. 쇠사슬에 묶인 장인이 힘없이 끌려와 무대에 섰다.

"여러분, 저 장인은 동해 멀리 장인국에서 온 사람을 잡아먹는 괴물입니다!"

김 대사의 외침에 귀족들과 구경꾼들은 모두 숨을 멈췄다. 이렇게 크고 흉측한 괴물은 처음이었다. 게다가 사람을 잡아먹는다니, 긴장감까지 더해져 구경꾼들은 박수를 쳤다.

잔뜩 긴장했던 소소생은 박수 소리에 몸이 뜨거워졌다. 이것이 무대구나! 소소생은 무대에 마련된 작은 벽 뒤로 달려가 계단 오르기 연기를 했다.

"끼긱."

장인이 소리를 냈다.

소소생은 이번엔 계단을 내려가는 척 연기하며 일부러 넘어
졌다.

"끽끽 끼기기기긱 끼긱."

장인이 크게 웃었다.

"진짜 웃었어!"

"괴물이 웃으니 더 흉측해!"

사람들의 탄성이 이어졌다.

소소생은 비싼 천으로 만든 헝겊 인형을 팔에 끼웠다. 헝겊 인
형은 김 대사의 솜씨 좋은 하인이 만들었다. 김 대사를 본떠 만들
었다고 하나 조금도 닮지 않은, 무척 인자해 보이는 인형이었다.

"대사! 세상에서 가장 나쁜 머리가 무엇인지 아십니까?"

소소생이 헝겊 인형을 움직이며 복화술로 말했다.

"무엇이냐?"

"버르장머리입니다!"

하하하하, 사람들이 크게 웃었다.

소소생은 너무 놀라서 준비한 덕담을 까먹을 뻔했다. 이렇게 많
은 사람들이 크게 웃어 준 건 처음이었다.

"에, 뭐, 뭐라고? 이런 버르장머리 없는 놈을 봤나!"

"대사, 그럼 아픈 머리가 무엇인지 아십니까?"

"무엇이냐?"

"골머리입니다!"

으하하하. 귀족들이 체통도 잊은 채 무릎을 치며 웃었다.

'그래, 이것이 성공한 인생! 내일은 나도 건어물주!'

소소생은 잔뜩 흥분해 더욱 큰 동작으로 장인국에서 했던 연기를 선보였다. 장인은 기운을 차렸는지 크게 웃으며 자리에서 빙글빙글 돌았다.

이 비장은 소소생과 장인을 보고 놀랐다. 징그러운 괴물과 맹해 보이는 꼬맹이가 손발을 맞춰 공연을 하다니. 무엇보다 철불가가 진실을 말했다는 것이 놀라웠다.

"지금이다!"

귀족석에 앉아 있던 김 대사가 이 비장에게 말했다. 곧 병사 열댓이 상노를 끌고 왔다.

"쏴라!"

병사들은 커다란 화살에 불을 붙여서 상노에 걸었다. 상노 양쪽에 달린 도르래를 돌려 시위를 당기자 장인 바로 앞에 불화살이 떨어졌다.

"크아아악!"

장인국에서 화상을 입었던 장인은 그때가 떠올랐는지 뒤로 도망쳤다. 이에 병사들은 장인의 등 뒤에 화살을 쏘아 댔다. 파바바박! 화상을 입고 아물지 않은 상처에 가시처럼 화살이 박혔다.

"하지 마세요! 안 됩니다!"

갑작스런 공격에 놀란 소소생이 장인에게 다가가려 했으나 병사들의 창에 가로막혔다. 소소생의 역할은 여기까지였다. 병사들은 거치적거린다며 소소생을 무대 밖으로 밀어내더니, 횃불과 불화살로 장인을 궁지에 몰아넣고 화살을 쏘아 괴롭혔다.

"크아아아아악!"

장인이 쿠웅 쓰러졌다. 공연은 대성공이었다.

김 대사는 어마어마한 재물을 벌어들였다. 귀족들이 앞다투어 김 대사의 다음 연회에 초청받으려고 보낸 것이었다. 이 진기한 연회에 대한 소문은 순식간에 서라벌까지 퍼졌고, 장인을 잡은 공으로 김 대사가 진급할 거라는 말도 돌았다.

소소생은 장인이 그렇게 괴롭힘당하니 마음이 아팠다.

장인의 화를 돋운 뒤 결국 수군의 무기로 물리치는 것이 이 연회의 목적이라니. 그것도 모르고 흥겨운 음악과 사람들의 환호에 눈이 멀어 쇠사슬에 묶인 채 끌려온 장인을 웃기려 했다는 사실이 부끄러웠다.

소소생이 멍한 얼굴로 시장에 들어서자 누군가 외쳤다.

"왔다! 소소생이 왔어!"

멀리서부터 발 차기를 하던 상인도, 멱살잡이를 하던 사람도 모두 소소생을 반기며 몰려왔다.

"쟤 또 왔어! 너무 좋아. 매일 보고 싶어."

"소소생은 진짜 재능 있다니까! 난 쟤가 뜰 줄 알았어!"

"소소생하고 한 번만 악수해 보고 싶어. 그러면 평생 손을 안 씻고 살 텐데."

소소생이 장인 공연으로 유명해지자 시장 사람들은 태도를 싹 바꿨다.

"소소생! 이 녀석, 잘 지내고 있었구나!"

반가워하는 목소리에 돌아보니 과일 가게 상인이 빗자루를 들고 서 있었다. 가게 망한다며 저리 가라고 휘둘렀던 그 빗자루였다. 과일 상인이 빗자루를 쥔 손을 들자 소소생은 움찔하며 팔로 앞을 막았다.

"하하하! 난 네가 성공할 줄 알았다! 내가 늘 말하지 않았니, 덕담이 밥을 먹여 주고 옷도 입혀 줄 거라고!"

그런 적 없었다. "덕담이 밥을 먹여 주냐, 옷을 입혀 주냐?"고 했다. 같은 덕담이었는데, 그때는 무시해 놓고 이제는 성공할 줄 알았다고 사람들은 친한 척을 해 댔다.

현란한 눈요기와 분위기만 있으면 재미없는 덕담도 재밌어지는 걸까. 덕담의 진가는 노력과 발상이 아닌 재물로 쌓아 올린 화려한 배경에 달렸단 말인가. 소소생은 사람들을 현혹시켜 거짓으로 성공한 것 같아 허탈하고 씁쓸했다.

"형, 저희도 덕담 보고 왔어요."

소소생이 시루떡을 나눠 주었던 남매였다. 저번에 봤을 때보다 볼이 통통해지고 키도 자라 잘 지내는 것 같아 안심이었다.

"잘 지냈니? 얼굴이 좋아졌구나!"

"형, 그런데 덕담이 뭐예요? 저는 덕담이 웃긴 이야기라고 했는데, 동생은 연희를 보고선 덕담이 괴물이랑 싸우는 거라고 우기잖아요!"

소소생은 할 말을 잃었다. 이 아이들에게 덕담이 그리 보였다니. 일을 바로잡고 싶었다.

소소생은 김 대사를 찾아갔다. 김 대사는 수많은 재물을 쌓아 두고 술을 마시고 있었다.

"덕담꾼 소소생입니다, 장인과 같이 공연했던."

"그래, 내일도 오늘처럼만 하면 된다. 수고했다."

김 대사는 소소생에게 금덩이가 든 작은 주머니를 던졌다.

주머니에는 손도 대지 않은 채 소소생이 말했다.

"대사, 내일은 덕담을 하지 않겠습니다."

"그래그래, 뭘 하든 장인을 움직이게만 하면 된다."

"아니요, 장인을 풀어 주십시오. 아니면 공연이라도 멈춰 주십시오. 오늘처럼 장인을 괴롭히면 죽을지도 모릅니다."

소소생은 큰 용기를 내서 사실을 고했다.

"죽는다고?"

"예. 제가 처음 장인국에서 봤을 때 장인은 지금보다 훨씬 힘이 세고 생기 있었습니다. 지금은 반송장 같습니다. 군사들의 공격에 다친 곳은 계속 덧나고 아무것도 먹지 못해 병이 든 것 같습니다. 오늘과 같은 공연을 다시 한다면, 장인은 죽고 말 것입니다."

"알겠다. 내게 꼭 필요한 말이었다."

다행이다. 말이 통하는 분이었어. 이제 장인은 공연에 서지 않아도 되겠구나. 안도할 때 김 대사가 말을 보탰다.

"장인이 죽으면 안 되지. 그놈이 저 혼자 죽어 버리기 전에 병사들이 괴물을 직접 죽이는 공연을 해야겠어."

"아니, 제 말은 그런 뜻이 아니라……."

"내가 너 같은 버러지가 하는 말도 모르겠느냐? 네놈이 오늘 벌어다 준 것이 있으니 내 아량을 베풀어 조언을 해 주마. 세상에서 값어치 있는 것은 작고 반짝이는 것이다. 봐라, 이 수많은 재물을. 금과 보석은 작고 반짝인다. 하나 장인은 크기만 크고 아주 칙칙해. 가장 하찮다는 뜻이야. 그런 놈에게 마음을 쓰다간 너도 죽을 것이다."

"하지만……."

"너 같은 덕담꾼은 널렸어. 장인을 웃기는 법은 오늘 봤으니 다른 덕담꾼을 시켜도 된다. 공연에서 수고비라도 받으려거든, 냉큼 꺼져라."

소소생은 김 대사의 집에서 쫓겨났다. 하릴없이 소소생의 발걸음은 바닷가로 향했다. 가는 길에 있는 풀밭에서 하나하나 고르며 한 움큼의 풀도 뜯었다. 바닷가에 가까이 가자 장인이 갇혀 있는 우리가 보였다. 장인은 덩치보다 한참 작은 우리에 구겨진 듯 앉아 있었다. 장인이 빠져나가지 못하게 쇠사슬로 우리를 묶어 놓은 상태였다. 소소생은 챙겨 온 약초를 꺼내 돌로 빻아 진흙처럼 만들었다.

"상처를 낫게 해 줄 거야."

소소생은 무서웠지만 창살 틈으로 손을 뻗어 장인의 상처에 짓이긴 약초를 발라 주었다. 장인은 약초를 바르는 소소생을 지그시 바라보았다. 장인의 커다란 눈에 소소생이 비쳐 보였다. 거대한 괴물 눈알이라고만 생각했는데, 가만히 보니 조금 클 뿐 사람 눈과 다를 게 없었다.

우리로 파도가 쏴아아 들어왔다 나갔다. 장인은 힘없이 손을 뻗어 파도를 철썩철썩 때리며 괴로운 듯 소리를 질렀다. 처음 듣는 그 구슬픈 소리에 소소생은 덩달아 눈물이 났다. 무엇이 잘못됐는지 알았지만 무엇을 해야 하는지는 몰랐다.

"미안해. 정말 미안해."

소소생의 눈물 어린 속삭임에 장인은 알아들은 것처럼 큰 눈을 깜빡였다.

그날 밤 내내 장인은 파도를 철썩이며 소리를 질렀다.

소소생도 그날 밤 내내 잠을 이루지 못했다.

# 7

며칠 뒤, 연회장에 사람들이 하나둘 들어섰다. 김 대사의 연회는 장인이라는 괴물을 볼 수 있다는 소문에 임금까지도 참석하고 싶어 한다고 했다. 그러자 서라벌에서 권세 있는 집안의 자제도, 높은 직급의 벼슬아치도 찾아와 김 대사에게 금과 보물을 선물했다.

"잘 오셨습니다! 차린 것은 없으나 마음껏 드시고 장인의 공연도 즐기시지요."

김 대사는 오늘도 화려한 비단옷을 입고 나타났다.

"대사, 그 옷은 참으로 횡재했습니다. 대사처럼 기골이 장대하고 품격 있는 주인을 만났으니, 옷으로서는 최상의 삶 아니겠습니까. 제가 그 옷으로 태어나고 싶은 심정입니다!"

이 비장이 눈을 가늘게 뜨고 두 손을 비비며 말했다.

"하하하. 이 사람, 농이 심하네. 하하하!"

김 대사가 손사래를 치며 웃었다.

'그래, 내 농이 심한 게 맞다. 제 꼴이 얼마나 우스운지도 모르고 돼지처럼 꿀꿀대는구나.'

이 비장은 속으로 이를 갈며 무기들을 살폈다. 김 대사는 이 비장에게 오늘 공연의 막바지에 장인을 죽일 것을 명했다. 이 비장은 단번에 장인을 죽일 수 있도록 무기 제작자에게 만들라고 했던 그것을 준비시켰다.

소소생이 힘없이 앉아 있는데 청아한 목소리가 들려왔다.

"인기를 얻어 보니 어떠냐."

고래눈이 기척 없이 나타났다. 연회장에서 짐을 나르는 일꾼으로 변장한 채였다. 고래눈은 장터에서 장인과 소소생의 덕담 이야기를 들었다. 수군이 장인을 괴롭히는 공연이라는 말에 고래눈은 무척 놀랐다. 소소생이 진정 그런 덕담을 하고 있단 말인가. 믿을 수 없어 직접 확인하고자 소소생을 찾아온 것이다.

"이제 만족하느냐. 정녕 이런 것을 원했느냐."

"모르겠습니다. 일이 걷잡을 수 없이 커졌어요. 이러려고 덕담꾼이 된 게 아닌데, 이젠 할 수 있는 게 없어요."

"'할 수 있는 게 없다.'라……. 나도 너처럼 '덕담'으로 이행시를 지어 봤다."

"예?"

고래눈이 부끄러운지 얼굴을 붉히며 말했다.

"고개는 돌리고 듣거라. 운을 뗄 보거라."

"덕."

"덕담꾼 소소생은…….'"

"담."

"담이 커서 옳은 말을 한다.'"

"……!"

"오늘은 네 진짜 덕담을 듣고 싶구나.'"

소소생이 놀라 돌아보자, 고래눈은 벌써 사라지고 없었다. 대신 범이가 서 있었다.

"인기척 좀 내면 탈이 나냐? 어디 있다 불쑥 나타나는 건 도무지 적응이 안 된단 말이야.'"

고래눈이 가 버렸단 사실에 실망한 소소생이 투덜거렸다.

"시끄럽다. 복에 겨운 줄도 모르는 애송이.'"

"애송이?"

소소생이 욱해서 따졌다.

"단 두 줄이지만, 고래눈 형제는 덕담을 지어내려 밤을 지새우셨다. 네깟 놈이 뭐라고! 그러니 정신 차리란 말이다. 인정하긴 싫지만 너의 옛날 덕담이 지금보다 몇 곱절은 더 나았다. 재미없고 시시했지만 누굴 괴롭혀서 얻은 웃음이 아니었으니까.'"

범이는 말을 마치고 지붕 위로 뛰어올랐다. 쨍한 해를 등지고 선 범이는 그림자처럼 윤곽만 보였다. 소소생은 부신 햇빛에 눈을 찡그렸다.

"넌 굶주린 아이들에게 하나뿐인 떡을 내주며 재미없는 덕담을 하던 멍청이였지. 넌 그때가 진짜 덕담꾼 같았다."

범이는 순식간에 지붕을 넘어 사라졌다.

"······."

바다에서 짭짤한 바람이 불어왔다. 소소생의 마음처럼 머리카락이 어지러이 휘날렸다.

소소생은 헝겊 인형을 들고 무대에 올랐다. 때를 맞춰 이 비장이 장인을 끌고 왔다. 장인이 걸을 때마다 잘그락 잘그락 쇠사슬 부딪히는 소리가 났다. 소소생은 상처투성이 장인을 보니 목이 메었다.

"오늘은 제일 크게 웃게 해 줄게. 그리고 집으로 가자."

소소생은 장인을 실컷 웃겨서 힘을 내게 하고 싶었다. 나아가 그 힘으로 연회장을 뚫고 바다로 달아나게 도울 생각이었다.

장인은 말을 알아들은 것처럼 고개를 숙였다. 끄덕임인지 아파서 고개를 숙인 것인지 알 수 없었지만, 소소생은 사다리로 올라가 장인의 이마에 손을 대었다. 장인에게 잡아먹힐 수 있는 거리였지만 개의치 않았다. 장인도 기분 좋은지 얼굴의 털을 푸르르 떨었다.

마지막 연회의 막이 올랐다. 소소생은 장인에게 힘껏 달려와 쾅당 큰 소리를 내며 넘어졌다.

"대사, 큰일 났습니다! 백성들이 마주치기 싫어하는 오리가 나타났습니다!"

"그게 무엇인데, 소란이냐?"

소소생이 김 대사 인형을 움직이며 복화술로 말했다.

"탐관오리입니다! 탐욕이 많은 관리가 백성의 것을 빼앗아 자기 집만 넓히고 오리발을 내밀기 때문입니다."

"뭣이 어째? 천한 것이 어디서, 꽥꽥!"

소소생은 김 대사를 본뜬 인형에 어느새 붙여 놓은 오리 주둥이를 움직였다.

"아니 왜 내 목소리가 꽥꽥! 난 꽥! 오리가 꽥! 아니야 꽥!"

백성들은 소소생의 덕담에 배꼽을 잡고 웃었다.

"하나도 안 웃긴데 저것들은 왜 저래?"

넋 놓고 소소생의 덕담을 보던 김 대사는 한발 늦게 깨달았다.

"이 비장, 지금 저거 내 얘기야?"

"설마 그럴 리가요."

'네 얘기야. 이 멍청한 놈아.'

이 비장은 자꾸 웃음이 나오는 것을 참고 근엄한 척 소소생을 지켜보았다.

소소생은 덕담을 이어갔다.

"대사! 큰일입니다! 이번엔 해적이 나타났습니다!"

"놈들은 개미처럼 없애도 없애도 줄지어 나타나는구나! 대체 이유가 무엇이냐?"

"이 비장은 바다에서 비장하지 못하고, 김 대사는 나라의 대소사를 돌보지 않으니, 해적이 날뛰는 것이 당연한 듯합니다."

"네 이놈! 이게 무슨 덕담이라고 헛소리를 나불대느냐?"

"뒤룩뒤룩 살찐 탐관오리의 부스럼을 이야기한다.'하여 뒤룩
뒤룩의 뒤, 부스럼의 스를 합쳐 '뒤스'라고 이름 붙였습니다."

하하하. 백성들이 통쾌한 듯 웃었다.

귀족들은 슬슬 불편한 기색을 비쳤다.

"아니 대체 이게 무슨 덕담입니까, 김 대사?"

"흥거운 연회와 맞지 않는 덕담 같습니다만……. 흠흠."

김 대사가 이 비장에게 말했다.

"당장 저놈을 끌어내라! 감히 여기가 어떤 자리라고!"

저 망할 애송이가 심혈을 기울여 준비한 잔치를 망치게 둘 순 없
었다. 이 비장은 부하들에게 소소생을 잡아들이라고 시켰다. 부하
서넛이 무대 뒤편으로 달려갔다.

병사들이 잡으러 오는 것을 보면서도 소소생은 결연하게 덕담
을 이어 갔다.

"바다에선 해적이 판치고, 육지에선 부패한 관리가 판치니, 배고
픈 백성에겐 개판, 난장판, 악다구니판이 따로 없습니다."

사람들 사이에 숨어 있던 고래눈이 엷은 미소를 지었다. 고래눈
은 두건을 쓰고 얼굴을 가리고 있었다.

"여전히 재미없는 녀석이구나."

"그러게 말입니다. 저런 덕담은 저도 하겠습니다!"

범이 역시 두건을 쓰고 구경꾼으로 위장하고 있었다. 말은 그리
했으나 범이도 저 싱거운 덕담이 반가웠다. 물론 소소생에게 이 마
음을 전할 생각은 전혀 없었다.

바다에서 **비장** 하지 못하고 **대소사**를 돌보지 않으니!

뭣이?

에홈

저저저...

흑삼치와 바다전갈도 위장한 채 소소생의 덕담을 지켜보고 있었다. 부하들도 연회장에 숨어든 상태였다. 이들은 아직도 장인을 죽이는 것에 혈안이었다. 내기는 아직 유효했다.

"덕담계 해적이라더니, 김 대사와 서라벌 귀족들 앞에서 잘도 지껄이는구나. 역시 간이 큰 놈이야."

흑삼치는 처음 철불가와 함께 잡았을 때 처리해야 했다고 생각했다. 바다전갈도 철불가 다음으로 소소생의 목을 칠 생각이었다. 물론 가장 먼저 쳐야 할 목은 장인의 목이었다. 흑삼치와 바다전갈은 군중에 숨어들어 장인을 칠 기회를 살폈다.

소소생을 끌어내리려고 병사들이 무대로 올라왔다.

"크아아악!"

장인이 소리를 지르며 커다란 몸으로 병사들을 막았다. 기다란 손톱이 병사들 앞을 내리찍었다. 날카롭고 육중한 쇠창살 같은 장인의 손톱에 병사들은 놀라 뒷걸음쳤다.

서둘러 소소생이 발로 무대를 굴러 신호를 보내자 무대 옆에 대기하고 있던 악단이 풍악을 울렸다. 소소생은 음악에 맞춰 우스꽝스럽게 걸으며 벽 뒤에서 장인이 좋아하던 계단 오르내리기 동작을 했다.

"끽 끼익 끼기긱 끽끽."

장인은 기운이 나는지 박수를 치며 웃었다.

'계획대로다. 이대로 장인을 바다로 이끄는 거야!'

소소생은 덩실덩실 우스꽝스럽게 걸으며 연회장 문으로 향했다.

장인도 소소생의 동작을 따라 하며 문을 향해 걸어갔다.

이 비장은 소소생과 장인의 행동을 눈여겨보았다. 수상함을 느낀 이 비장은 병사들에게 장대에 묶은 미끼를 가져오게 했다.

"살려 주게, 이 비장! 약속이 다르잖아! 우리 사이에 이게 웬 말인가!"

미끼는 철불가였다. 이 비장은 김 대사의 명으로 또다시 철불가를 체포해 미끼로 준비해 두고 있었다. 병사들이 철불가를 묶은 장대를 기울여 장인의 얼굴 앞에 대었다.

"이놈 입 냄새가 얼마나 지독한지 알아? 입에 가까이 들이대면 어떡해!"

김 대사가 분위기를 전환시키려고 외쳤다.

"장대에 묶인 저놈은 천하에 몹쓸 죄를 지은 죄수입니다. 악명 높은 이름, '철불가'라고 들어 보셨습니까?"

"맙소사! 철불가라니!"

"철불가에 장인에, 이런 공연은 또 없을 겁니다!"

귀족들은 체통도 잊고 호들갑을 떨었다.

구경하던 백성들도 놀라기는 마찬가지였다. 철불가는 남녀노소 지위 고하를 대동단결시키는 마법의 이름이었다.

"이제부터 장인이 저놈을 산 채로 잡아먹는 모습을 보여 드리겠습니다."

김 대사가 말했다.

"뭐? 잡아먹어? 김 대사! 나랑 거래하는 게 어때? 대신 엄청난 걸 알려 줄게! 내가 사실 장보고의 숨겨진 아들이거든? 그러니까 나를 죽이면 안 된다고. 김 대사? 듣고 있나?"

철불가가 비명처럼 쏟아낸 말에 소소생을 따라 문으로 가던 장인이 철불가 쪽으로 몸을 틀었다.

장인을 바다로 유인할 생각이었는데. 큰일이다! 소소생은 장인의 주의를 다시 끌려고 소리를 지르고, 넘어져도 보고, 피리 소리도 내 봤지만 통하지 않았다.

김 대사는 장인을 자극하려고 공격을 지시했다.

병사들이 상노와 하얀 천을 덮은 무기를 끌고 왔다. 병사들이 커다란 화살을 상노에 걸고 방아쇠를 당기자, 화살이 포물선을 그리며 날아가 장인의 등에 퍼버벅! 꽂혔다. 등에서 폭포처럼 피가 콸콸 흘러내리기 시작했다.

"크아아아아악!"

병사들이 무기를 덮은 천을 벗기자 투석 기계를 수레에 달아 놓은 투석 포차가 모습을 드러냈다. 투석 포차는 지렛대로 거대한 돌을 높이 던질 수 있게 제작되어 상노보다 더 강한 위력을 자랑했다. 이 비장의 신호에 병사들이 투석 포차로 바위를 쏘아 올렸다. 날아간 바위는 장인의 한쪽 눈을 정통으로 맞혔다.

"크아아아악!"

장인의 눈이 퉁퉁 부어오르고 시뻘건 피가 흘러내렸다.

이번엔 병사들이 상노로 장인의 다리를 공격했다. 장인이 비틀거리며 화살이 박힌 다리를 굽혔다.

"장인을 괴롭히지 마세요! 먼저 공격하지 않으면 사람을 잡아먹지 않습니다!"

소소생이 장인 앞을 막고 서서 외쳤다.

병사들이 소소생을 잡으려고 달려오자 장인이 거대한 주먹으로 병사들을 날려 버렸다.

연회를 보러 온 사람들은 장인과 병사들의 싸움에 놀랐으나 장인이 격렬하게 저항할수록 귀족들은 즐거워했다. 장인의 처절한 사투를 더 가까이 보려고 자리에서 벌떡 일어서기까지 했다.

병사들은 상노로 불붙은 화살을 쏘았다. 불화살이 등에 박힌 장인은 괴로움에 몸부림쳤다.

"끄아아아아악!"

장인이 불을 끄려다 담벼락으로 넘어지자, 빈틈없이 튼튼하게 쌓아 올린 담벼락이 와르르 무너졌다. 장인의 검은 털에도 불이 옮겨붙어 살 타는 냄새와 피비린내가 진동했다. 그 와중에도 장인은 온몸으로 소소생을 감쌌다.

장인의 처절한 저항에 구경꾼들은 숙연해졌다. 괴물을 구경하러 왔으나 가혹하게 괴롭힘당하는 것을 보자 충격을 받았다. 장인이 소소생을 감싸는 모습을 보니 무언가 잘못됐다는 찜찜한 마음도 들었다. 분위기가 바뀌자 귀족들도 하나둘 인상을 찌푸렸다.

"안 돼, 장인. 그만……."

웅크리고 있는 장인의 품속에서 소소생이 울먹이며 말했다.

그때 청아한 목소리가 연회장을 울렸다.

백성들 틈에 있던 고래눈이 즉석에서 장인가長人歌를 지어 부르기 시작했다.

　　망망한 바다 지나 홀로 잡혀 왔네.
　　등우리를 잃고 육지에서 피 흘리네.
　　소년을 지키는 마음에 덕이 있으니
　　사람이 금수보다 못하면 어찌 사람이라 하랴.

　　고래눈의 목소리는 조금 떨렸지만 심금을 울리는 힘이 있었다. 장인가가 연회장에 퍼지자 소소생은 눈시울이 뜨거워졌다.
　　범이도 힘차게 장인가를 불렀다. 구경 온 시루떡 남매도, 백성들도 하나둘 합창하기 시작했다. 백성들은 장인가를 부르며 귀족들과 김 대사를 힐난하는 눈초리로 보았다.

'이 비장이 나쁘다, 비싼 값 치르고 구경 온 귀족들도 나쁘다, 이 연회를 준비한 김 대사가 제일 나쁘다.'

백성들은 소곤소곤 귓속말을 했고, 눈빛으로 욕을 해 댔다.

공연이 재밌다고 좋아하던 귀족들은 백성들의 서늘한 눈빛에 김 대사와 선을 긋기 시작했다.

망망한 바다 지나 홀로 잡혀 왔네.

둥우리를 잃고 육지에서 피 흘리네.

"대사, 어찌 된 일입니까! 재미난 공연을 보여 준다기에 왔더니 이것은 피비린내 나는 살육이 아니오. 금수이긴 하나 저리 괴로워하는 것을 보고 있자니 마음이 편치 않습니다. 여기 참석한 것이 알려지면 흉이 될까 두려워 돌아가야겠습니다!"

"온화한 분인 줄 알았는데 퍽 실망입니다. 대사께 드린 선물은 없던 것으로 하겠습니다!"

당황한 김 대사는 주절주절 변명을 늘어놓았다.

"장인은 사람을 잡아먹는 괴물입니다. 저 소년과 애틋한 척하지만 살려 두면 분명 백성을 공격할 것입니다. 백성을 해치기 전에 죽여야 마땅합니다."

그래도 귀족들의 원성이 사그라들지 않자 김 대사는 이 비장에게 장인을 죽이라고 눈짓했다. 놈을 끌고 서라벌로 가고 싶었으나 장인이 폭주하는 것을 보니 불가능했다. 이렇게 된 이상 백성을 구하려 괴물에 맞선 영웅 행세라도 해야 했다.

이 비장은 등에서 화살을 꺼내 활에 걸었다. 이 비장이 활시위를 힘껏 당겼다 놓자 화살이 바람을 가르며 날아갔다. 꽤 먼 거리였으나 화살은 정확히 장인의 이마에 꽂혔다.

"크아아아아아악!"

쿵. 거대한 장인의 몸이 바닥에 쓰러지자 연회장이 흔들렸다.

정적이 흘렀다. 장인은 축 늘어진 채 눈을 뜨지 않았다.

"……자, 장인. 일어나 봐. 어? 널 집으로 보내 주기로 했는데 약속도 못 지켰는데. 제발 눈을 떠. 제발……."

소소생이 장인을 흔들어 깨웠지만 장인은 움직이지 않았다.

백성들은 목구멍에서 뜨거운 것이 올라오는 것을 느꼈다. 어떤 생명도 이렇게 잔인하고 비참하게 죽으려 태어나지 않는다. 백성들은 장인가를 더욱 성난 목소리로 불렀다. 하나가 된 백성의 목소리는 그 어떤 포효보다 웅대했다.

당황한 이 비장은 백성들과 김 대사를 번갈아 보았다. 김 대사는 쥐꼬리 같은 수염을 만지며 표정으로 '뭐, 네가 죽였잖아.'라고 말했다.

**쿵 쿵 쿵 쿵 쿵 쿵.**

소소생의 눈앞이 흔들렸다. 엄청난 진동에 시야가 흔들렸다. 착각이 아니었다. 산사태인가, 해일인가, 지진인가. 알 수 없는 소리와 진동에 사람들은 두려움을 느꼈다.

**쿵쿵쿵쿵쿵쿵쿵쿵쿵쿵쿵쿵쿵쿵쿵쿵쿵쿵쿵쿵쿵쿵쿵쿵쿵쿵쿵쿵쿵쿵쿵쿵쿵쿵쿵쿵.**

소리와 진동의 주기가 급격히 빨라졌다. 태풍이 오는 것처럼 거센 바람이 불고 파도가 높이 일었다. 하늘은 먹구름이 낀 듯 급격히 흐려졌다. 거대한 어둠이 삽시간에 연회장을 뒤덮었다.

장대에 묶여 있던 철불가는 문득 장인을 보고 위화감을 느꼈다. 그동안 장인을 밑에서 올려다만 봤지 위에서 내려다본 적은 없었다. 장대에서 쓰러진 장인을 내려다보니 이상하게 작아 보였다. 장인이 작다니. 미친 소리지만 진짜였다. 무역선을 타고 처음 장인국에 갔을 때 봤던 장인은 훨씬 컸다. 지금 드리워진 그림자처럼.

"……그런 것인가."

철불가는 사색이 되어 외쳤다.

"소소생! 인생에서 가장 중요한 비밀 두 가지를 알려 준다고 내가 약속했었지? 풀어 주면, 마지막 비기를 알려 주마!"

항상 능글거리던 철불가의 목소리에 두려움이 서려 있었다. 소소생은 서둘러 철불가를 풀어 주었다.

"잘 들어라. 인생에서 가장 도움이 되는 말은…… 도망쳐!"

외침과 동시에 철불가는 냅다 달아났다. 도망치는 철불가 앞에 무너진 연회장 담벼락 사이로 또 다른 장인의 얼굴이 나타났다. 장인이 다가올수록 몸이 끝없이 치솟아 하늘을 가릴 만큼 커졌다. 놈의 키는 쓰러진 장인의 몇 배는 되어 보였다.

반대편 담벼락에도 장인이 나타났다. 장인은 커다란 발로 담벼락을 밟고 연회장 안으로 들어섰다. 놈의 발걸음에 투석 포차 하나가 나뭇가지처럼 으스러졌다.

"아아악!"

구경꾼들은 혼비백산하여 달아나기 시작했다.

**쿵 쿵 쿵.**

무너진 담벼락 너머로 무리 지어 바다를 걸어오는 장인들이 보였다. 장인들이 걸을 때마다 파도가 철썩철썩 높아지다 낮아졌다. 장인들은 서너 걸음 만에 바닷가에서 연회장까지 왔다. 장인들은 잡혀 온 장인보다 키가 클 뿐만 아니라 팔다리도 굵었다. 이빨은 더욱 날카롭고 컸으며 눈알은 시뻘건 핏줄이 가득해 소름이 끼쳤다. 바닷가에 있던 장인들이 커다란 손을 휘두르자, 손짓 한 번에 항구에 정박해 있던 군함들이 가루가 됐다.

*"크아아아악!"*

장인의 포효가 사포를 뒤흔들었다.

# 8

군함은 장인들에게 완전히 격파되어 형체도 없이 바다로 사라졌다. 장인들은 연회장으로 걸어오며 시장을 발로 밟고 손으로 내려쳐 부쉈다. 신라의 자랑, 항구 도시 사포가 속수무책으로 파괴되고 있었다.

"아아아악!"

연회장에 모여 있던 백성들은 무너진 담벼락을 건너 달아났다. 귀족들도 서로 계단을 내려가려고 앞다투어 달렸다. 장인 한 놈이 귀족석이 마련된 집을 부숴서 한 손에 쥐고 흔들었다.

"김 대사! 김 대사! 어떻게 좀 해 보시오!"

"살려 주시오, 제발! 김 대사!"

귀족들은 김 대사를 찾았으나 그는 이미 내빼고 없었다. 김 대사는 호위 병사들과 가장 먼저 연회장을 탈출한 뒤였다.

제일 처음 연회장을 짓밟은 장인이 구슬픈 소리를 내며 쓰러진 장인에게 걸어갔다. 몸집이 가장 큰 것이 장인 무리의 우두머리로 보였다. 우두머리 장인은 어림잡아도 50척(대략 15미터)은 훌쩍 넘어 보였다. 우두머리 장인은 연회장 바닥에 흥건하게 고인 작은 장인의 피를 보고는 분개한 듯 발로 땅을 쾅쾅 굴렀다.

소소생은 우두머리 장인의 행동을 보고 작은 장인이 왜 자신의 연기를 좋아했는지 깨달았다. 어른들은 소소생이 몸으로 하는 연기는 유치하다고 좋아하지 않았다. 아이들만 좋아했다. 쓰러진 작은 장인처럼.

"…… 아이였어. 우두머리 장인이 녀석의 부모였던 거야."

작은 장인이 소소생의 몸동작을 좋아했던 것은 아이였기 때문이었다. 보물을 둥우리에 모아 둔 것도 어린아이들이 노리개를 모아 두는 행동과 같았다.

"아직도 안 도망치고 뭐 하느냐! 빨리 도망치라니까?"

달아나던 철불가가 소소생을 보고 말했다.

"이 비장이 잡아 온 작은 장인은 제일 큰 장인, 그러니까 우두머리 장인의 아이였어요. 다른 장인들은 일족을 해친 것을 보복하러 나타난 거고요!"

"우두머리 장인이 녀석의 부모라고?"

또 어느새 나타난 고래눈이 물었다.

"아이크, 깜짝이야! 넌 기척 좀 내고 다녀!"

철불가가 가슴을 부여잡고 고래눈에게 말했다.

"네, 장인은 사람을 잡아먹지만, 먼저 공격하지는 않아요. 터전을 침략하고 공격하는 사람만 잡아먹었어요. 그러니까 작은 장인을 부모에게 돌려보내면 장인들은 돌아갈지도 몰라요."

"작은 장인은 어디 있는데?"

고래눈이 물었다.

"어? 분명히 여기에……."

작은 장인이 있던 곳이 비어 있었다. 우두머리 장인이 병사들의 공격을 받아 날뛰는 사이, 이 비장이 작은 장인을 빼돌려서 달아나는 중이었다.

"저기 있……!"

소소생의 말이 끝나기도 전에 고래눈이 담벼락으로 훌쩍 뛰어올랐다. 고래눈은 도포 자락을 휘날리며 바람처럼 이 비장을 쫓았다.

소소생이 철불가에게 말했다.

"철불가, 도와주세요. 장인들이 이곳을 파괴하고 있다고요! 인간과 장인이 싸우는 걸 막아야 해요."

사기꾼 같은 자였으나 철불가라면 방법이 있을지 모른다고, 소소생은 믿고 싶었다.

"내 말하지 않았느냐. 도망치라고! 끝까지 살아남으려면 모름지기 '낄끼빠빠'를 잘해야 해. 토낄 때 토끼고, 빠르게 빠진다! 알겠느냐?"

철불가는 소소생을 덥석 끌어안았다. 그러고는 제가 한 말처럼 빠르게 토꼈다. 이 난리 통에 철불가도 뾰족한 방도가 없었으리라. 하지만 소소생은 철불가의 말에도 발을 떼기가 쉽지 않았다.

이 비장은 말 수십 필을 동원해 작은 장인을 끌고 가고 있었다. 작은 장인의 배가 오르락내리락하는 게 아직은 숨이 붙어 있는 것 같았다.

"이 비장! 목숨을 걸고 저놈의 시체를 챙겨라! 값어치가 상당한 놈이니 시체라도 전시해야지. 병사들 수백을 희생해도 상관없다!"

김 대사가 내빼기 전에 시킨 짓이었다. 이 비장은 김 대사를 향한 암살 욕구를 꾹 누르며 작은 장인을 데리고 달아났다. 이 비장이 쓰러진 작은 장인의 목줄을 끌고 잡아당기며 선두에 서면, 뒤에서 병사들이 작은 장인의 전신을 옭아맨 쇠사슬을 끌었다. 이 비장은 이런 상황에도 김 대사가 하라는 대로 해야 하는 아랫사람의 고충에 괴로웠다.

고래눈은 이 비장의 뒤를 밟아 대궐 같은 지붕과 연회장 담벼락 위를 뛰어다녔다. 고래눈이 오합도에서 작은 칼을 꺼내 날렸다.

쉬이익. 단도 네 개가 날아와 이 비장의 좌우 앞뒤에 꽂혔다. 이 비장이 말을 멈추자 장인을 끌고 가던 부하들도 말을 세웠다. 이 비장의 눈앞에 오합도의 장검이 바람처럼 날아들었다. 고래눈이 지붕에서 뛰어내려 이 비장을 가로막았다.

"고래눈!"

"비장, 장인을 어디로 데려가십니까?"

"백성들이 의적 의적 하며 떠받들어 주니 진짜 뭐라도 된 것 같으냐? 상선으로도 모자라 이제는 장인까지 훔치려 드느냐?"

이 비장이 비아냥거렸지만 고래눈은 그런 뻔한 도발에 감정이 흔들리지 않았다. 어떤 상황에서든 침착한 것이 고래눈의 장점이었다.

"비장이 데리고 가는 작은 장인은 지금 나타난 우두머리 장인의 자식이오."

"자식?"

"제 자식을 납치해 괴롭혔으니 놈들이 공격하는 것은 당연하오. 제 자식 아끼는 것은 금수나 사람 가릴 것 없이 같은 마음 아니겠소. 작은 장인을 풀어 주시면 우두머리 장인이 돌아갈지도 모르오. 그러면 다른 장인들도 우두머리를 따라갈 것이오."

"그런 어설픈 추측으로 놈을 놓아줄 순 없다. 이 녀석이 새끼라 해도, 괴물은 괴물이다."

"비장께서 수군 중 가장 뛰어난 장수인 걸 잘 알고 있소. 탐욕스러운 김 대사 밑에 있으나, 본래 용맹한 수군이지요. 부디 바다를 지키는 수군답게 백성을 지켜 주시오."

고래눈은 이름처럼 현명한 고래의 눈을 가진 듯 사람의 속내를 잘 꿰뚫어 보았다. 이 비장이 아주 조금 용감하고 실력이 매우 뛰어난 장수라는 것도, 비열하게 해적들에게 뇌물을 받아 타협하면서 일말의 양심이 남아 있다는 것도. 그래서 이 비장이 더욱 자기를 못 잡아 안달인 것도 잘 알고 있었다.

이 비장은 고래눈의 말에 흔들렸다. 사실 그랬다. 장수답게 괴물과 싸워 공적을 세우고 싶었다. 그러나 대적할 수 없을 만큼 어마어마한 괴물이라면 백성을 지키는 선택을 하고 싶었다.

이 비장이 망설이는 사이 김 대사의 마차가 달려왔다.

"비장! 왜 멈춰 있나, 다른 괴물들이 쫓아오면 어쩌려고? 어서 이 장인을 끌고 오게. 서라벌로 가서 시체라도 임금께 바쳐야지."

"대사, 괴물들이 나타난 게 이 장인이 새끼여서 구하러 온 것 같다 합니다. 이놈을 풀어 주면 장인들이 돌아갈 것 같습니다."

이 비장이 처음으로 소신껏 말했다.

"그래? 새끼 장인을 끌고 서라벌로 가면 저놈들도 따라오겠군! 저놈들도 잡아서 가세! 괴물이 하나도 아니고 여럿이니 다 잡으면 임금께서 분명 상을 내리실 게야. 자네와 내가 이번에야말로 서라벌로 가는 것이야."

김 대사는 아직도 상황 파악을 못 하고 말도 안 되는 명령을 내렸다. 마치 달포(한 달 남짓)가 걸릴 일을 밤에 주면서 내일 아침까지 해달라는 것과 같았다. 김 대사를 향한 암살 충동은 더욱 커져만 갔으나 이런 자의 명줄은 언제나 긴 법. 김 대사에게 찍혔다간 서라벌은커녕 사포에서 살아남기도 힘들 것이었다.

이 비장은 김 대사의 말을 들을 수도, 그렇다고 마음대로 장인을 풀어 줄 수도 없었다. 그가 우유부단하게 결정을 저울질하는 사이 장인들이 이 비장과 작은 장인을 찾아냈다.

우두머리 장인과 장인들은 쿵쿵 위압적인 소리를 내며 달려왔다. 거대한 덩치로 달리니 그들의 발이 닿는 곳마다 땅이 쩍쩍 갈

라지고 구덩이가 생겨 근처에 있던 집들이 무너져 내렸다.

이제 와 풀어 준다 한들 너무 늦었다 생각한 이 비장은 활을 들었다.

"놈들을 공격하라!"

이 비장은 화살 다섯 개를 동시에 쏘아 날렸다. 장인들의 다리에 정확히 화살이 박혔으나 그들에게 타격감은 무無에 가까웠다. 우두머리 장인은 귀찮은 벌레를 쫓듯 가볍게 몸을 털었을 뿐인데, 주변은 재해를 입은 것처럼 초토화됐다.

이 비장은 상노와 투석 포차까지 사용해 장인들에게 반격하기 시작했다. 병사들의 거센 저항과 병사들이 데리고 있는 작은 장인의 피투성이 몰골까지 겹쳐지며 장인들의 흥분은 극에 달했다. 장인들은 이제 모든 인간을 적으로 여겼다. 반격하는 병사와 도망치는 백성들, 비명 지르는 여인과 울고 있는 아이를 가리지 않고 공격하려 했다.

고래눈은 사포가 피바다로 변하는 것을 막으려 장인에 맞섰다. 뒤에서 비명이 들렸다. 장인이 연회장에서 미처 도망치지 못한 여인을 움켜쥐고 있었다.

고래눈은 연회장에서 장막을 올릴 때 쓰던 줄을 가져왔다. 줄을 올가미처럼 묶어서 여인을 붙잡은 장인에게 던졌다. 줄이 장인의 귀에 걸리자 고래눈은 줄을 타고 새처럼 몸을 날려 장인의 손으로 뛰어올랐다. 고래눈은 공중제비를 돌며 오합도의 검집에서 단도 네 개를 꺼내 동시에 던졌다.

단도 네 개가 여인을 쥐고 있는 장인의 손가락에 날아가 하나씩 박혔다. 장인의 손이 멈칫한 사이 고래눈은 오합도의 큰 칼을 통나무만 한 장인의 엄지를 향해 휘둘렀다. 서걱 썰려 나간 엄지가 뚝 떨어졌다. 장인의 손에 잡혀 있던 여인이 바닥으로 추락했다.

"범아!"

고래눈이 외치자 범이가 말을 타고 번개처럼 달려왔다.

범이가 떨어지는 여인을 한 손으로 받았다. 손에 칼을 쥔 범이는 평소의 소년미 넘치는 얼굴이 사라지고 자객처럼 서늘하게 바뀌었다. 동그랗고 서글서글하던 눈매는 날카롭고 사나워졌으며, 장난스러운 눈빛도 암살자의 눈빛처럼 냉혹해졌다. 범이가 돌변하여 칼을 휘두르자 성난 바다를 누비는 사나운 맹수처럼 보였다.

"범이가 왜 범이인 줄 아느냐. 칼을 쥐면 바다의 왕 상어를 사냥하는 범고래처럼 무자비하다 해서 범이다."

범이가 얼굴에 칠한 하얗고 까만 문양이 그를 범고래처럼 보이게 했다. 소소생도 항구가 있는 사포에서 자란지라 범고래가 얼마나 무서운지 잘 알고 있었다. 과연 범이가 웃음기를 거두고 칼을 휘두르는 모습은 범고래처럼 사나웠다. 귀여운 얼굴에 그렇지 못한 포악한 성질의 범고래가 범이의 전투 장면에 겹쳐 보였다. 범이는 종횡무진 전장을 가로지르며 장인들을 막아서고 백성들을 구했다.

백성들을 구하자니 손발을 되는대로 내질러 사방을 공격해 대는 장인을 피하기 어려웠다.

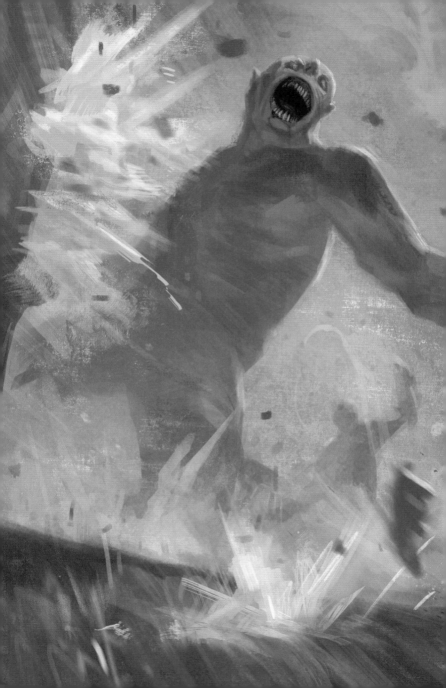

고래눈과 범이는 장인이 가까이 다가오지 못할 만큼만 공세를 유지했다. 하지만 이 비장과 병사들은 장인을 죽이려 혈안이었다. 상처를 입은 장인들은 더욱 분노해 병사들을 손으로 쓸어 버리고 발로 납작하게 밟았다. 죽어 가는 병사들의 비명과 부서지는 사포의 굉음이 사방에서 울렸다.

고래눈은 망루에 올라 사포를 내려다보았다. 사포 전체가 불바다가 되어 검은 연기를 내며 타오르고 있었다. 곳곳에서 손과 발을 휘두르는 장인들의 그림자가 검은 연기에 언뜻 비쳐 보였다. 불화살이 떨어진 곳에서 백성들은 가까스로 뛰쳐나와 몸을 보전했다.

거리마다 집과 부모를 잃은 아이들이 울어 댔고 부상을 입은 백성들이 쓰러져 뒹굴었다. 병사들은 장인을 공격하느라 백성은 안중에도 없었다. 백성들은 병사들의 무분별한 공격에 장인의 습격 못지않은 피해를 입었다.

고래눈과 범이는 장인의 시선을 돌리려고 애썼으나 장인들이 동시에 날뛰자 둘만으로는 역부족이었다.

거기에 흑삼치까지 장인을 공격해 화를 돋우었다. 흑삼치와 부하들은 이 기회에 장인을 하나라도 잡아 볼 요량으로 싸웠다. 원수같은 철불가가 보이지 않아 짜증이 났으나 장인이 우선이었다. 장인만 잡으면 내기에서 이기고, 온 바다를 차지할 수 있었다.

고래눈이 말했다.

"흑삼치 님! 공격을 멈추시오! 장인들의 화를 돋워서 좋을 게 없소. 죄 없는 백성들만 피해를 입게 되오."

"시끄럽다! 의로운 척하지 말거라. 그래 봤자 너도 백성들을 등쳐 먹는 해적 아니냐."

"해적이라서 그렇소. 백성들이 살아야 해적도 사는 법이니."

'짜증나게 멋있는 말만 골라 하는데 다 맞는 소리란 말이야.'

흑삼치는 고래눈을 보며 눈썹을 실룩거렸다. 사실 지금껏 싸워 보니 장인은 거대한 자연재해 그 자체였다. 장인을 상대해 봤자 전력에 손실을 입을 뿐 인간의 상대가 아니었다.

"네 말을 듣고 후퇴하는 것은 아니다."

흑삼치는 적각어의 뿔을 깎아 만든 피리를 불어 퇴각을 알렸다. 흑삼치와 부하들은 빠르게 항구를 빠져나갔다.

어느새 시커먼 구름이 몰려들어 해를 가렸다. 날씨는 더욱 스산해져 대낮인데도 어두웠다.

"장인! 거대한 너야말로 내 적수로구나. 너를 죽이면 최강의 해적으로 불리는 노래가 만들어지고 나는 악명 높은 해적으로 길이 남을 것이다. 하하하!"

바다전갈은 광기만 남은 눈으로 우두머리 장인에게 외쳤다. 바다전갈은 단검 두 개를 양손에 쥐고 장인의 다리로 뛰어올랐다. 그러고는 단검을 곡괭이처럼 휘둘러 장인의 다리에 박았다.

우두머리 장인은 바다전갈을 털어 내려고 발을 쾅쾅 찍었다. 바다전갈은 몸이 이리저리 흔들렸으나 단검을 쥐고 버텼다. 암벽을 등반하듯 단검을 여기저기에 박아 넣으며 장인의 어깨까지 올라갔다.

"내 오늘 너의 혀를 독으로 물들이고 눈을 새까맣게 태워서 뽑아 주마. 이 독 한 병이면 온몸으로 독이 퍼져 삽시간에 죽게 될 것이다."

바다전갈은 장인의 어깨로 뛰어올라 단검을 휘둘렀다. 그가 독약이 든 유리병을 칼로 그어 깨트리자, 깨진 유리병에서 검은색 독약이 흩뿌려져 단검의 칼날로 흘러내렸다. 바다전갈은 독을 뿌린 단검으로 장인의 목을 열십자+ 모양으로 그었다.

"크아아아아아악!"

바다전갈이 아직 허공에서 칼을 휘두르는 사이, 우두머리 장인의 갈고리 창 같은 손톱이 바다전갈의 몸을 관통했다.

"크헉!"

바다전갈은 피를 뿜으며 장인의 눈을 노려봤다. 커다란 눈동자에 바다전갈의 모습이 비쳤다. 우두머리 장인은 바다전갈을 손톱에 꿰어 이빨로 씹어 버렸다.

서걱.

바다전갈은 장인의 입에서 몸통이 두 동강이 난 채 죽고 말았다. 누구보다 이름을 날리고 싶었던 해적이었으나 마지막 말도 남기지 못했다. 바다전갈의 부하들은 두령의 죽음에 충격을 받고 도망치기 바빴다.

우두머리 장인은 독이 묻은 목의 피부를 뜯어내서 독이 퍼지는 것을 막았다. 뒤이어 이 비장과 병사들을 쫓아가기 시작했다.

이 비장이 끝내 외쳤다.

"작은 장인을 풀어 주어라!"

부하들은 작은 장인을 묶었던 쇠사슬을 풀고 후퇴했다.

우두머리 장인이 두꺼운 손으로 쓰러진 작은 장인을 쓰다듬었다. 죽은 것처럼 늘어져 있던 작은 장인이 스르륵 눈을 떴다. 녀석이 부모를 알아보고 끼익 끽끽 희미한 웃음소리를 내었다. 온몸이 상처투성이라 부모를 만나 기쁜 것인지, 아파서 우는 것인지 알 수 없었다. 그 처참한 모습에 우두머리 장인의 눈에 커다란 눈물방울이 고였다. 우두머리 장인은 이제껏 듣지 못했던 커다란 소리를 내질렀다.

**"크아아아아아아아아아악!"**

자식을 처참하게 괴롭힌 인간들을 용서할 수 없었으리라.

우두머리 장인의 포효에 지축이 흔들렸다.

"……너무 늦은 건가."

겁에 질린 이 비장이 말했다.

이제 사포는 지도에서 사라질 것이다.

# 9

철불가 인생에 바보 같은 짓은 딱 세 번이었다.

처음은 흑삼치에게 장보고의 자식이라 사기를 쳤다가 지금까지 쫓기게 된 것이고, 두 번째는 머리 좋은 박준희를 얕봤다가 노름에서 전 재산을 털린 것이다. 그리고 마지막 바보짓은,

"저 녀석을 만난 것이군."

철불가는 중얼거렸다.

철불가는 항구에 있던 배를 훔쳐 달아날 생각이었다. 지금 도망치지 않으면 장인의 발톱이든 손톱이든 어디든 끼어서 죽을 게 뻔했다. 그래서 토낄 수 있을 때 빠르게 빠지는 낄끼빠빠를 실천하려 했거늘, 하필 소소생이 눈에 밟혔다. 저 멍청한 놈은 싸울 줄도 모르면서 주제도 모르고 우두머리 장인을 막아서고 있었다.

소소생은 우두머리 장인이 들을 수 있도록 온 힘을 다해 소리

쳤다.

"장인! 비록 그쪽과 우리가 다른 생물이나 진심은 통할 것이라 믿습니다. 그러니 덕담을 하나 하겠습니다."

우두머리 장인은 귀찮은 듯 소소생을 밟으려 했다. 소소생은 자신을 향해 내려오는 거대한 발바닥을 보며 덕담을 시작했다.

"장인! 장인! 장인 어른의 반대가 무엇인지 아십니까?"

우두머리 장인은 발을 멈추고 소소생을 떼꾼히 내려다봤다.

"바로 장인 아이입니다. 저기 있는 아이 장인은 저와 덕담 공연을 하며 우애를 쌓았습니다. 그럼에도 저는 인기와 재물에 눈이 멀어 아이 장인을 지켜 주지 못했습니다. 아이 장인이 이 지경이 된 것은 저를 지켜 주려던 이유도 있습니다. 그러니 죽인다면, …… 아이 장인의 아픔을 전할 수 있었는데도 못 본 체하고 사리사욕을 채웠던 저만 죽이십시오. 부디 다른 사람들은 해치지 말아 주세요."

소소생의 목소리가 떨렸다. 무서웠다. 오금이 저리고 손발이 떨려 금방이라도 쓰러질 것 같았다. 그럼에도 소소생은 우두머리 장인의 눈빛을 똑바로 받아 냈다.

고래눈과 범이는 멀찍이 떨어져 있었으나 소소생이 큰 소리로 외쳐서 그의 말을 들을 수 있었다.

"저 바보가! 목숨이 두 개인 줄 아는 거야, 뭐야?"

범이가 말했다.

고래눈은 나무에 올라가 걱정스러운 눈으로 소소생을 보았다.

우두머리 장인은 소소생을 밟으려던 발을 거두었다.

살려 주는 건가. 역시 진심은 통하는구나! 소소생은 기대하며 우두머리 장인을 올려다보았다. 곧 우두머리 장인의 손이 소소생에게 날아왔다. 귀찮다는 듯 소소생을 쳐 내고 갈 길을 갔다.

"으아아아!"

소소생의 가는 몸뚱이가 맥없이 길가로 날아가 떨어졌다.

배에서 지켜보던 철불가는 한숨을 쉬었다.

"도망치라는 말이 제일 중하다고, 그렇게 말했거늘. 저놈은 반복 학습이 안 된단 말이야."

툭 툭. 굵은 빗방울이 철불가의 머리를 쳤다.

하늘을 올려다보니 날씨는 더욱 사나워져 먹구름에서 굵은 빗줄기가 떨어지기 시작했다. 바다 저 멀리에는 번개가 바다에 뿌리를 내리는 것처럼 선을 그리며 떨어졌다.

이 비장도 하늘을 올려다보고 있었다. 날이 심상치 않았다. 비가 내리면 불을 붙이지 못해 상노와 투석 포차를 쓰기 어려워진다. 상노의 화살도 몇 발 안 남은지라 더욱 초조했다. 죽음을 무릅쓰고 싸우던 병사들은 이대로 죽게 될 터였다.

"이 비장! 이게 무슨 짓인가? 자네가 새끼 장인인지 뭔지를 괜히 잡아 와서 이 사달이 난 것 아닌가! 그러게 내가 얼른 풀어 주랬더니 끌고 서라벌까지 가려고 해? 이 일이 끝나면 자네를 벌할 것이네!"

김 대사였다. 대피하려다 장인들의 공격에 피난길이 막혀 더 나아가지 못하고 돌아오는 길이었다.

"장인 놈들을 죽이든지 쫓아내든지 하지 않으면, 자네를 가장 먼저 장인 밥으로 던져 줄 걸세. 뿐만 아니라 자네 집안 삼대를 장인의 밥그릇에 담가 버릴 것이니 각오하게!"

'네가 서라벌까지 데려가라며!'

이 비장이 부글부글 끓어오르는 속내를 말하고 싶은 충동을 억누르고 있을 때, 배에서 내리는 철불가가 보였다.

"철불가! 나 좀 살려 주시오! 무슨 수를 써도 상관없으니 제발 장인들을 여기서 사라지게 해 주게. 이 틈에 김 대사도 죽여 주면 더욱 좋고."

이 비장은 마지막 말은 철불가만 들을 수 있게 낮은 소리로 말했다.

"그렇단 말이지."

철불가는 하늘과 소소생을 번갈아 보다가 빙긋이 웃었다.

"좋소, 비장! 까짓것, 장인을 물러나게 해 드리리다!"

철불가는 변비를 해결해 주겠다는 정도의 가벼운 어조로 흔쾌히 답했다.

"무슨, 묘수가 있소?"

이 비장은 반신반의하여 물었다.

"나만 믿으시게. 대신 약조를 해 주시오. 장인을 물리치면 나를 쫓아다니지 않고 내 문제는 평생 눈감아 주기로 맹세하는 거요. 그리고 이를 증명할 여러 문서와 증표를 주시오. 솔개날도 돌려주고."

이 비장은 냉큼 솔개날을 주며 약조했다.

"신라 천년 종묘사직과 산천의 팔만 호국영령과 하늘과 땅과 부모 형제를 두고 철불가를 쫓지 않는다고 맹세하네."

"그 약속 지키시오!"

철불가는 솔개날을 받아 쥐고는 소소생에게 달려갔다. 우두머리 장인의 손에 맞은 소소생은 낙엽처럼 길바닥을 뒹굴고 있었다.

"일어나거라. 장인을 집으로 보내 줘야지."

철불가가 말했다.

"아직 안 가셨습니까? 낄끼빠빠 한다면서요?"

"네놈이 걱정되어 갈 수가 없었다. 백성들이 이리 고통을 받으니, 인간미가 넘치는 나로서는 두고 볼 수가 없었지."

"이 비장과 거래하는 것 들었습니다. 저, 귀가 꽤 좋거든요."

"그럼 조용히 따라오면 될 걸, 왜 그리 말이 많으냐."

"철불가 당신을 뭘 믿고 같이 가겠습니까? 왜 저를 데려가시려는 건데요?"

"너니까."

철불가는 한 박자 쉬고 소소생에게 말했다.

"하나뿐인 목숨을 걸고 질 게 뻔한 도박을 할 사람이, 너밖에, 안 보이니까."

철불가가 장난스러운 웃음기를 거두고 진지하게 말했다.

'뭐야 왜 갑자기 진지해져서 믿고 싶게 만드는 거야.'

믿어도 될까 고민할 때마다 철불가는 한 번도 빼먹지 않고 소소생을 배신했다. 그럼에도 소소생은 매번 철불가를 믿었다. 이번에도 답은 하나였다. 또 뒤통수를 맞는다 해도, 철불가 말처럼 질 게 뻔히 보여도, 그를 믿을 수밖에 없었다. 천성이 그러했다.

배신을 당해도 먼저 배신하지 못하는 인간, 속더라도 또 바보처럼 믿는 인간, 바보처럼 사람을 웃기는 데에 보람을 느끼는 인간. 어쩌면 그래서 덕담꾼이 되었을지도.

"뭘 해야 합니까?"

소소생이 묻자 철불가는 그럴 줄 알았다며 하얀 건치를 드러내며 웃었다.

"쇠사슬을 챙겨라. 작은 장인을 잡아갈 때 병사들이 썼던 쇠사슬이 널브러져 있을 게다. 그걸 최대한 많이 가져오거라."

"우두머리 장인은 쇠사슬로는 상대가 안 될 텐데요. 게다가 어른 장인도 여럿이잖아요."

철불가는 소소생의 말에 답하지 않고 바다전갈이 죽어 있는 곳으로 달려갔다. 주변에 바다전갈이 죽으며 떨군 독약 병들이 있었다. 철불가는 쓰러진 병사들의 품에서 화살을 꺼내 화살촉에 바다전갈의 독약을 묻혔다.

"쇠사슬을 다 모았습니다!"

소소생이 무거운 쇠사슬 꾸러미를 안고 비틀비틀 달려왔다.

철불가는 관청의 망루에 올라갔다. 화살촉에 묻은 독의 양은 우두머리 장인의 힘을 뺄 수는 있으나, 치명적이진 않을 정도였다. 철불가는 아이 장인은 맞지 않게 신중히 조준해 독화살을 발사했다.

"어이! 큰 장인! 그쪽 상대는 나라고!"

그리고 철불가는 가장 잘하는 짓, 근처에서 깔짝대며 화 돋우기를 시전했다.

독화살이 따끔따끔 팔에 날아와 박히자 우두머리 장인이 철불가를 따라왔다.

철불가는 바다로 달렸다. 소소생도 철불가를 따라 전속력으로 달렸으나 우두머리 장인의 발걸음에 성큼 따라잡히고 말았다. 우두머리 장인이 뻗은 발에 소소생이 밟힐 뻔하던 그때, 뒤에서 고래눈이 말을 타고 달려와 한 손으로 소소생을 잡아 올렸다.

"고래눈!"

소소생은 고래눈의 뒤에 안착했다. 저런 힘은 가녀린 체구 어디에서 나오는 걸까, 소소생은 감탄했다.

우두머리 장인은 벌레가 꼬였다는 듯 땅을 지근지근 밟았다. 고래눈은 빠르게 말을 달려 바닥을 내리찍는 장인의 발을 아슬아슬하게 피했다. 고래눈의 말은 신마神馬로 불리는 거루의 후손이었다. 거루는 번개 같은 속도로 달리며 다른 말들을 이끌 정도로 똑똑하다고 알려진 명마 중의 명마였다. 고래눈은 소소생을 태우고 빠르게 앞으로 치고 나갔다.

범이도 우두머리 장인의 두 발 사이로 말을 몰았다.

"잡으십시오!"

범이가 철불가에게 손을 내밀었다.

철불가는 한 손으로 범이의 손을 잡고 다른 한 손으로는 솔개 날을 쐈다. 우두머리 장인의 갈고리 같은 뾰족한 손톱 다섯 개가 부-우-웅 부-우-웅 소리를 내며 이번엔 철불가와 범이를 공격했다. 범이와 철불가의 머리 위에서 거대한 갈퀴가 공중을 할퀴는 것 같은 소리가 났다.

우두머리 장인이 소소생과 철불가를 쫓아가자 다른 장인들도 따르기 시작했다.

소소생과 고래눈, 철불가, 범이 네 사람은 바람을 찢는 갈퀴 같은 손톱과 바위처럼 내리꽂히는 주먹을 이리저리 피하며 바다로 말을 달렸다.

"어디로 가는 겁니까?"

소소생이 외쳤다.

"마녀묘다!"

철불가가 말했다.

바다 멀리 번개가 연달아 떨어지는 곳에 마녀묘가 보였다.

# 10

바닷가에 도착한 철불가는 미리 점찍어 놓은 배에 올랐다. 소소생도 챙겨 온 쇠사슬을 안고 배에 탔다.

"우리 해적선으로 가시지요. 어떤 배보다 빠르고 날랜 녀석입니다."

고래눈이 말했으나 철불가는 고개를 저었다.

"배가 작을수록 좋아. 마녀묘로 따라오시게."

"마녀묘는 장보고의 딸 장 낭자가 나오는 곳 아닙니까! 우리에게 불을 뿜고 벌을 내릴 텐데 그곳에 간다고요? 장인에게 죽는 것도 모자라 장 낭자에게 죽고 싶으신 겝니까?"

범이가 놀라서 말렸다.

그러거나 말거나 철불가는 소소생과 노를 젓기 시작했다. 고래눈과 범이는 철불가의 정신 나간 행동에 사뭇 겁이 났지만 이제 와

다른 선택을 할 수도 없었다. 한시라도 빨리 장인 무리를 육지에서 멀리 떨어뜨려 놓아야 했다.

철불가의 뒤에 고래눈의 해적선이 따라붙었다. 그리고 그 뒤로 우두머리 장인이 작은 장인을 안은 채 철불가와 소소생의 배를 쫓았다. 나머지 장인들도 우두머리 장인을 따라 걸음을 옮겼다. 마치 거대한 기암이 움직이는 것 같은 광경이었다.

"…… 간다!"

항구에서 이 비장이 중얼거렸다.

철불가와 소소생이 겨우 마녀묘에 닿을 때 즈음, 장인 무리 역시 바짝 가까워졌다.

철불가는 서둘러 배에서 뛰어내려 마녀묘의 여러 무덤 가운데 하나를 파헤치기 시작했다. 뒤이어 마녀묘에 도착한 범이와 고래눈은 철불가의 패륜적인 행동에 입을 다물지 못했다.

"마녀묘를 파헤치다니! 그런 짓을 하고도 무사할 것 같소? 장보고와 장보고의 딸 장 낭자가 지옥에서 당신을 잘근잘근 씹어 먹을 것이오. 그것도 모자라 모든 해적을 불태워 죽일 것입니다."

범이는 두려워 무덤 근처에 가지 못했다.

"제아무리 장보고라도 죽으면 뼈다귀일 뿐이야. 왕도, 해적도 죽으면 뼈다귀라고. 망령 같은 뜬소문이 무서우냐, 눈앞의 장인이 무서우냐? 그리 두려우면 얌전히 보고나 있거라, 꼬마."

범이는 꼬마란 말에 울컥 화가 났으나 어디선가 장 낭자의 망령이 나타날까 봐 두리번거렸다.

겁 많은 소소생도 무섭긴 마찬가지였지만, 살아남는 방도만큼은 철불가를 따를 자가 없기에 묵묵히 그를 따라 무덤을 파헤쳤다.

고래눈은 소소생에게 적잖이 놀랐다. 용맹한 범이도 장 낭자가 두려워 무덤 근처에 얼씬거리지 못하는데, 철불가만 믿고 무덤에 손을 대다니. 목숨을 걸고 질 게 뻔한 내기를 하는 녀석. 철불가가 한 말이 딱 어울렸다. 고래눈도 팔을 걷어붙이고 무덤 파는 데 힘을 보탰다. 범이는 고래눈까지 합세하자 하늘을 향해 기도했다.

"개의 자식과 같은 장 낭자여, 무덤을 파헤친 것을 용서하시오."

드디어 무덤 입구가 드러났다. 무덤 안은 방처럼 사면이 돌로 싸여 있어 사람이 들어갈 만했다.

철불가가 먼저 쇠사슬을 들고 무덤으로 들어갔다. 그리고 소소생과 고래눈, 범이까지 따라 들어오자 갑자기 쇠사슬로 세 사람을 동여매기 시작했다.

"뭐 하는 겁니까?"

고래눈이 당황해 물었다.

"역시! 이럴 줄 알았습니다! 철불가를 믿는 게 아니었어요! 우리를 장인의 먹이로 바치고 혼자 내빼려는 겁니다!"

범이가 화를 냈으나 철불가는 그러거나 말거나 무덤의 벽과 바닥을 연결하는 돌기둥에 쇠사슬을 둘러 세 사람을 단단히 묶어 버렸다. 마지막으로 자기 자신까지도. 예상 밖의 행동에 범이가 뭐라 말을 하려는 순간, 무덤 밖의 소란에 범이의 목소리가 묻혔다. 장인 무리가 도착한 것이었다.

장인 무리는 마녀묘의 무덤을 헤집고 부수며 소소생과 철불가를 찾아다녔다. 장인의 긴 손톱이 소소생의 다리 사이를 찌르고 팔을 스쳤다. 철불가의 수려한 얼굴도 할퀴고 지나갔다.

철불가는 뺨에서 흐르는 피를 손등으로 닦으며 말했다.

"장 낭자가 어떻게 백룡으로 변해서 해적들을 벌하는지, 이상하지 않으냐? 고래눈과 흑삼치, 바다전갈이 우리를 쫓을 때도 장 낭자가 나타났었지."

소소생은 그날을 떠올렸다. 하늘과 바다를 잇는 하얀 백룡이 나타나 모든 것을 날려 버리고 소소생이 탄 배도 날려 버렸다.

"그날도 오늘처럼 바람이 불고 비가 내렸다."

콰광! 번쩍! 천둥 번개가 마녀묘에 내리꽂혔다. 장인들은 번개에 움찔 놀랐으나 소소생과 철불가를 찾기에 여념 없었다.

"주변 뱃사람들도 장 낭자는 이런 날씨에만 나타난다 했지."

철불가가 말을 이었다.

"장 낭자가 비를 좋아한다는 말씀입니까?"

"그 머리로 무슨 덕담을 하겠다고. 쯧. 장 낭자가 백룡으로 변신한다는 소문은 이런 날씨에만 일어나는 기상 현상, 용오름! 즉, 회오리바람을 보고 나온 말이야! 보거라!"

저쪽 바다에서 하얗고 기다란 백룡이 몸을 꿈틀거리며 마녀묘로 다가오는 것이 보였다. 백룡이 다가올수록 바람이 거세져 눈을 뜨기 힘들었다. 백룡은 바닷물을 먹고 몸집을 부풀리는 것 같았다. 철불가의 말을 들어서일까. 자세히 보니 번뜩이는 하얀 비늘은 정말로 회오리바람이 만들어 낸 하얀 물거품이었다.

**휘오오오오.**

귀를 찢을 듯 날카로운 바람 소리가 들렸다. 어마어마한 위력을 가진 회오리바람이 마녀묘를 휩쓸었다. 암초 몇 개가 뿌리째 뽑혀 날아갔다. 네 사람이 묶여 있는 돌기둥도 뽑혀 날아갈 것처럼 흔들렸다.

매섭게 불어오는 폭풍에 장인들도 몸을 가누기 어려웠다.

**쿠우우웅.**

장인들이 넘어지자 집채만 한 해일이 일었다. 일부는 마녀묘를 타고 넘어 무덤 안까지 들이쳤다. 바람 소리와 진동에 작은 장인이 우두머리 장인의 품에서 흐흐흑 크흐흑 우는 소리를 냈다. 회오리바람이 무서웠던 것이다.

작은 장인의 울음에 우두머리 장인이 멈칫거리며 마녀묘에서 물러났다. 다른 장인들도 우두머리 장인을 따라 회오리바람을 피해 뒷걸음쳤다.

이윽고 회오리바람은 마녀묘까지 들어와 사방을 할퀴듯 휘돌았다. 돌과 이끼, 껴묻거리들이 회오리바람에 빨려 올라갔고, 돌멩이들이 날리며 소소생의 뺨을 스쳤다. 네 사람이 묶인 돌기둥은 금방이라도 떨어져 나갈 듯 들썩들썩했다. 소소생의 발끝은 이미 반쯤은 공중에 떠서 버둥거렸다. 이대로라면 곧 돌기둥 뿌리까지 번쩍 들려 날아가겠다 싶은 마음에 두려움이 커지던 순간, 드디어 회오리바람이 마녀묘를 통과해 반대편 바다로 멀어졌다.

바다와 하늘을 뒤덮었던 무시무시한 소리들이 금세 잠잠해졌다. 하늘을 덮었던 휘장 같은 먹구름이 흩어지고 햇빛 한 줄기가 내려왔다. 날이 개고 있었다.

"내가 철불가 님을 오해할 뻔했소. 미안합니다."

철불가의 쇠사슬 작전 덕에 날아가지 않고 겨우 목숨을 부지한 것을 깨달은 범이가 점잖게 말했다.

"무서운 회오리바람은 막았는지 모르겠다만, 장인은 어떨 것 같으냐? 그리 고마우면 네가 먼저 나가 보겠느냐?"

철불가가 농인지 진인지 모를 말을 진지하게 건넸다. 철불가가 진지하니, 소소생은 되레 긴장이 되었다.

"좋소. 내가 먼저 나가 보지요."

범이가 용감하게 마녀묘 밖으로 나섰다.

"헙!"

마녀묘 밖에는 우두머리 장인이 작은 장인을 안은 채 네 사람을 기다리고 있었다. 뒤따라 나온 소소생도 침을 꼴깍 삼켰다. 우두머리 장인은 알 수 없는 표정을 짓더니 작은 장인을 안고 돌아섰다. 우두머리 장인이 발길을 돌리자 다른 장인들도 몸을 돌렸다.

"간다! 장인국으로 돌아간다!"

소소생이 외쳤다.

우두머리 장인에게 안겨 있던 작은 장인은 어깨 너머로 고개를 쏙 빼고 소소생을 바라보았다.

소소생은 돌아가는 작은 장인을 향해 쾅당 넘어지는 연기를 했

다. 소소생은 작은 장인이 점이 되어 보이지 않을 때까지 계단을 오르내리고, 헤엄을 치는 바보 같은 연기를 보여 주었다. 바다 저편에서 작은 장인의 끼긱 끼익 웃음소리가 들리는 것 같았다.

"잘 지내, 장인……."

소소생은 청승맞게 눈물이 찔끔 나오는 것을 참았다. 옆에서 고래눈과 범이가 보고 있었다.

전부 꿈같았다. 소소생은 작은 장인과 했던 덕담 공연을 떠올렸다. 이 특별한 괴물 이야기를 전하는 덕담꾼이 되어도 좋을 것 같았다.

"소소생아, 내가 알려 준 두 가지 비기는 절대 잊지 말거라. 함께 하느라 힘들었고, 두 번 다시 만나지 말자!"

철불가는 소소생이 하고 싶은 말을 먼저 하며 어깨를 두드렸다. 제발 저 인간과 다시 엮이지 않기를 바라며 소소생도 철불가의 등을 톡톡 두드렸다.

"부디 영영 나타나지 말아 주세요. 꿈에서라도 찾아오지 말아 주십시오. 건강하시고, 떼인 금목걸이는 꼭 돌려주세요!"

"마지막까지 농담이라니. 녀석, 정말 형편없는 덕담꾼이라니까. 하하하."

철불가는 붉어진 눈가에 맺힌 눈물을 손가락으로 훔쳤다.

'농담 아닌데.'

철불가는 끝까지 금목걸이를 돌려줄 생각은 없어 보였다.

이별은 악연도 아름답게 만드는 걸까. 얄미운 철불가였지만 소소생은 이제 정말 끝이라고 생각하니 속이 후련하면서 그가 어디 서든 잘 살기를 바랐다. 여기서 중요한 것은 '소소생의 눈에 안 보 이는' 어디서든이었다.

"그래그래, 네놈들이 두 번 다시 만나지 않게 해 주마. 내 손에 죽으면 다신 볼 수 없을 테니 말이다."

낮고 서늘한 목소리, 흑삼치였다. 흑삼치는 부하들과 나타나 마녀묘를 둘러싸고 있었다. 어찌나 은밀하게 접근했던지 고래눈과 범이조차 인기척을 느끼지 못했다.

"이 비장이 네놈을 처리하면 장인의 보물을 돌려주겠다더군. 장 낭자도 재수 없는 이름이긴 하나, 살아 있는 철불가만 할까. 철불 가라면 어디로 갔을까, 머리를 굴려 보니 마녀묘가 떠오르지 뭔가. 네놈을 죽이는 장소로도 퍽 어울려 냉큼 왔지."

막상 장인이 사라지니 이 비장은 앞날이 걱정됐다. 그리하여 철불가에게 장인을 처리해 달라 하고, 흑삼치에게는 철불가를 처리해 달라고 한 것이었다. 김 대사는 귀족 지위를 이용해 모든 탓을 이 비장에게 돌릴 것이 뻔했기 때문이다. 사회생활은 수건돌리기 같은 것. 마지막 술래가 모든 비난과 책임을 떠안고 물러나야 했다. 이 비장은 김 대사가 던진 수건을 철불가에게 주고 싶었다.

천년 종묘사직을 운운하며 다신 쫓지 않겠다고 약속한 제 말을 곱씹으며 애먼 화살을 부러트리고 있을 때, 흑삼치가 딱 나타났으니 이 비장에겐 굴러들어 온 호박이요, 소소생에게는 산 넘어 산이었다.

장인을 물리치고 나자 이번엔 인정사정없는 저승사자 흑삼치라니. 아무래도 소소생은 철불가와 헤어질 수 없는 사이거나 함께 죽을 운명 같았다.

철불가가 흑삼치가 겨눈 철살도를 쳐다보며 말했다.

"이 비장, 이놈의 맹세는 하루를 못 가는군."

맑은 하늘에 구름 한 점 보이지 않았다. 햇빛이 바다에 빛가루를 뿌려 놓은 것처럼 윤슬*이 반짝였다. 물비늘이 일렁일 때마다 바다라는 커다란 괴물의 비늘이 꿈틀거리는 것처럼 보였다.

해적질하기 참 좋은,

해적에게 죽기 참 좋은 날이었다.

〈장인 편 下 끝.

3권에서 계속〉

---

* 윤슬: 바다에 빛이 비치어 반짝이는 잔물결.

곽재식의

# 괴물도감

# 장인

신라에서 동쪽으로 수백 리 떨어진 장인국이라는 섬에 사는 것으로 전해진다. 이빨은 톱니와 같고 손톱은 날카로우며, 몸은 검은 털로 뒤덮여 있다. 성체는 키가 성인 키의 열 배는 훌쩍 넘어서 바다를 걸어서 건널 정도다. 무리를 지어 살며, 동족이 공격받으면 떼 지어 보복을 감행한다. 바닷물을 철썩여서 멀리 떨어진 무리와 의사소통을 하며, 전설 속에서 새끼 장인을 잡아 두었던 한 마을은 이 신호 때문에 장인 떼가 마을을 습격하여 사라졌다고 한다.

# 사비하대어

백제의 도읍인 사비성을 휘감아 흐르는 사비강에 사는 거대한 물고기라는 뜻으로, 몸길이는 사람의 몇 배에 이를 정도로 크다. 강바닥 깊숙한 곳에 숨어 살아서 좀처럼 모습을 보기 어렵다. 나라의 운수와 세상의 덕을 감지할 수 있는 존재로, 강 주변에 사는 백성들의 인심이나 성정에 영향을 받는다. 한번은 사비강에서 사비하대어가 죽은 채로 발견되었는데, 얼마 지나지 않아 백제가 멸망한 것으로 전해진다.

# 거잠

커다란 누에라는 뜻으로, 태어난 직후에는 일반 누에와 같지만 날마다 1촌(약 3cm)씩 자라 소나 말처럼 덩치가 커진다. 거대한 몸집만큼 뽕잎을 많이 먹어, 하루에 몇 그루의 뽕잎을 먹어 치울 수도 있다. 누군가 거잠을 죽이면, 세상의 모든 누에들이 이를 슬퍼하며 대를 잇기 위해 거잠이 죽은 곳으로 몰려든다고 전해진다. 어떤 사람들은 이러한 거잠의 특징을 악용해 일부러 거잠을 뽕나무 밭으로 유인해 죽이고, 모여드는 누에들에게서 손쉽게 누에고치를 얻기도 한다.

# 산예

몸 전체가 퍼렇고, 눈은 금방울 같으며 사자처럼 포효하는 사나운 짐승이다. 사막을 건너 먼 지역에서 왔다고 전해지며, 사막을 헤매다 온 탓에 털과 가죽이 지저분하다. 위엄 있는 행동과 위협적인 기운 때문에 호랑이나 표범도 산예와 마주치면 줄행랑을 친다. 탐관 오리를 벌하거나 아이를 괴롭히는 액운을 막는 등 사악하고 부정한 것들을 물리치는 능력이 있다. 예로부터 축제나 연회에서 부정한 기운을 막는 의미로 산예를 표현하는 탈춤을 추었다고 한다.

# 거루

고구려 대무신왕의 말로, 신마<sup>神馬</sup>로도 불린다. 붉은 갈기가 아름답고 길어 바닥까지 닿을 정도라고 한다. 부여와의 전투에서 패배한 대무신왕이 거루를 놓친 채 도망친 적이 있는데, 거루가 스스로 대무신왕에게 되돌아왔을 뿐 아니라 부여의 말들을 이끌고 나타났다고 한다. 그만큼 주인에 대한 충성심이 높고 지능이 뛰어나며, 말들의 우두머리로 군림할 정도의 지도력이 있다. 고구려 멸망 후, 거루의 후손들이 뿔뿔이 흩어져, 한반도의 다른 영웅들을 찾아갔다고 전해진다.

# 크리처스 2: 신라괴물해적전

**1판 1쇄 인쇄** 2022년 10월 27일
**1판 1쇄 발행** 2022년 11월 09일

**글** 곽재식, 정은경
**그림** 안병현

**펴낸이** 김영곤 **펴낸곳** (주)북이십일 아르테
**융합1본부장** 문영 **기획개발** 변기석 신세빈 김시은
**디자인** 박지영
**아동마케팅영업본부장** 변유경
**아동마케팅1팀** 김영남 황혜선 이규림 황성진 **아동마케팅2팀** 임동렬 이해림 안정현
**아동영업1팀** 이도경 오다은 김소연 **아동영업2팀** 한충희 오은희 강경남
**제작팀** 이영민 권경민

**출판등록** 2000년 5월 6일 제406-2003-061호
**주소** (우 10881) 경기도 파주시 회동길 201(문발동)
**대표전화** 031-955-2100 **팩스** 031-955-2151
**홈페이지** www.book21.com

**ISBN** 978-89-509-0970-3 (44810)
      978-89-509-0969-7 (세트)

* 책값은 뒤표지에 있습니다.
* 이 책 내용의 일부 또는 전부를 재사용하려면 반드시 (주)북이십일의 동의를 얻어야 합니다.
* 잘못 만들어진 책은 구입하신 서점에서 교환해 드립니다.